Magie Blanche

LI

Du même auteur,
dans la même collection :

1. *L'éveil de Morgane*
2. *Le rituel du Cercle*
3. *Sorcière de sang*
4. *Le bûcher*
5. *Lumière et ténèbres*
6. *L'alliance des pouvoirs*

Magie Blanche

Cate Tiernan

Liens sacrés

Traduit de l'anglais (États-Unis)
par Aude Carlier

POCKET
jeunesse

Titre original :
Sweep
7. The Calling

Publié pour la première fois en 2001
par Puffin Books, un département
de Penguin Putnam Books for Young Readers, New York.

Les citations ont été inventées par l'auteur. Toute ressemblance avec des œuvres déjà existantes serait purement fortuite.

Loi n° 49-956 du 16 juillet 1949 sur les publications
destinées à la jeunesse : septembre 2007.

ISBN 978-2-266-17136-6

Prologue

Un loup – fourrure argentée, crocs d'ivoire luisants – avance à pas feutrés sur le sol de marbre vers une table en pierre ronde. La pièce est immense, à peine éclairée par la flamme vacillante de bougies noires. Des feuilles de vigne en plâtre moulé décorent le plafond. Un couguar aux yeux dorés, les muscles saillant sous son pelage fauve, bondit vers la table. Des tentures noires dissimulent les fenêtres hautes et étroites. Un hibou plane dans la salle, ailes et serres déployées. L'air est lourd du parfum musqué des bêtes. Une vipère est lovée sur la table, crochets dévoilés. Un aigle contemple la scène, à côté d'un ours immense. Un jaguar remue la queue. L'atmosphère est imprégnée d'ondes maléfiques. Un bougeoir en argent ouvragé supporte des cierges noirs sur un secrétaire en bois d'ébène. Un faucon tourne dans la pièce. Un athamé orné d'un rubis rouge sang est posé sur la table. Un chacal et une belette approchent, la bave aux lèvres. Le loup est affamé. Tous convergent vers la table en pierre, sur laquelle se trouve attaché un louveteau, les yeux épouvantés, le corps frêle secoué de tremblements. L'une après l'autre, les bougies s'éteignent. Les ténèbres s'épaississent jusqu'à devenir totales. Et le louveteau se met à hurler.

Je me suis relevée brusquement, mon cœur martelant ma poitrine. J'entendais encore, en écho, le cri du louveteau agonisant. J'étais chez moi, dans mon lit, et les ténèbres qui m'entouraient n'étaient que celles de la nuit. Pourtant ce rêve me hantait toujours, terriblement réel.

« Hans, j'ai besoin de toi ! » Sans y penser, j'ai envoyé un message télépathique à mon petit ami, Hans O'Neal.

J'ai tout de suite reçu sa réponse : « J'arrive. »

Mon réveil indiquait plus de trois heures du matin. Je suis descendue sur la pointe des pieds pour l'attendre.

Il n'est arrivé que dix minutes plus tard, mais ce court délai m'avait semblé une éternité tandis que je faisais les cent pas dans le salon. Le cauchemar ne voulait pas me quitter. Je n'avais qu'à fermer les yeux pour le revivre.

Sentant Hans approcher, j'ai regardé par la fenêtre. Ses bottes crissaient dans la neige qui recouvrait notre gazon. Il avait coiffé ses cheveux blond clair en pointes, et ma vision de mage m'a permis de voir l'empreinte rosée que le vent frais avait laissée sur son beau visage pâle.

— Qu'est-ce qui s'est passé ? m'a-t-il demandé sans préambule lorsque j'ai ouvert la porte.

— J'ai fait un cauchemar.

Je l'ai invité à entrer avant de me serrer contre lui. D'une caresse, il a dégagé les cheveux qui cachaient mon visage.

— Raconte-moi.

Blottie dans ses bras, je lui ai décrit ma vision à voix basse pour ne pas réveiller ma famille. Les images de mon rêve flottaient toujours devant mes yeux : le loup salivant, les yeux jaunes du hibou scrutant les ténèbres. Je voulais me cacher de ces yeux jaunes, j'avais peur qu'ils me découvrent.

« Arrête. Ce n'est pas réel », me suis-je réprimandée intérieurement.

— Je ne sais pas pourquoi j'ai eu si peur, ai-je conclu. Tout ça pour un simple rêve. Dans lequel je n'apparaissais même pas.

Hans n'a pas prononcé les paroles réconfortantes que l'on espère dans ces moments-là. Il est resté silencieux un instant, ses doigts pianotant doucement sur mon épaule.

— Je crois que je vais en parler au Haut Conseil, a-t-il finalement murmuré.

Mon sang n'a fait qu'un tour.

— Le Conseil ? Tu penses que c'est si grave ?

Il a secoué la tête, l'air préoccupé.

— Je n'en sais rien. Je ne suis pas doué pour interpréter les rêves. Mais certains éléments sont inquiétants. Très inquiétants, même.

— Ah.

— Morgane ? Qu'est-ce que tu fabriques en bas à cette heure-ci ? a demandé mon père d'une voix endormie du haut des escaliers.

— J'avais soif, ai-je répondu. Retourne te coucher, Papa.

— Toi aussi, a-t-il marmonné.

Hans et moi avons échangé un regard.

— Je t'appellerai, a-t-il chuchoté avant dc sortir.

Je l'ai regardé disparaître dans la nuit, puis je suis remontée dans ma chambre. Je me suis étendue sur mon lit et, apeurée, j'ai attendu que le jour se lève.

1.

Prophéties

2 mars 1977

Cette nuit, j'ai encore rêvé de l'Irlande. Comme toujours, j'ai éprouvé une nostalgie que je ne m'explique pas. Ce n'est qu'une image, à la simplicité trompeuse: une robe d'enfant en lin couleur crème, pendue à une corde à linge, virevoltant dans le vent. Derrière, les collines vertes s'enchaînent jusqu'aux contreforts de la montagne. Un gros rocher en forme de tête de lézard constitue son sommet. Je me souviens que les habitants de la région l'appellent le dragon de Ballynigel.

Pourquoi Ballynigel hante-t-il toujours mes rêves? Et pourquoi ce village me revient-il à l'esprit alors que je dois épouser Grania dans deux jours? Si, comme on me l'enseigne, tout a un sens, alors que dois-je comprendre? Est-ce une mise en garde contre ce mariage? Non, c'est impossible, je vois cette petite robe en rêve depuis mes huit ans, et j'en ai maintenant dix-huit.

De plus, Grania est enceinte de trois mois. C'est un bon parti. Sa famille est l'une des plus riches de notre cercle. Plus important encore, Greer, sa mère, est la grande prêtresse de Liathach et elle n'a pas d'autre enfant. Or, Grania n'a pas l'intention de lui succéder un jour. Elle est plus qu'heureuse de me laisser ce rôle. J'ai toujours su que tôt ou tard je serais amené à diriger Liathach. Ensemble, Grania et moi, nous fonderons une dynastie à la gloire de la magye des Woodbane.

— Neimhich

À huit heures et demie, tandis que je filais vers le sud au volant de Das Boot, le ciel reflétait encore la pâleur de l'aube. J'étais pour ainsi dire seule sur la route en ce jeudi matin et le monde semblait immobile et silencieux. À l'arrière, Bridget, Xavier, Rose et Ada dormaient les uns sur les autres : Rose s'était à moitié effondrée sur Ada et Bridget enlaçait Xavier. Seul Hans, assis à côté de moi, était réveillé. J'ai jeté un coup d'œil à son profil parfait : il lisait la carte d'un air très concentré. Parfois, je me demandais s'il lui arrivait de se détendre. Était-il aussi sérieux lorsqu'il dormait ?

J'allais peut-être le découvrir au cours de ce week-end. Tous les six, nous allions vivre quatre nuits sous le même toit à New York. Je n'avais jamais passé autant de temps avec Hans, et une part de moi frémissait d'impatience. Nous sortions ensemble depuis peu, mais je savais que je l'aimais. La plupart du temps, j'étais sûre que lui aussi m'aimait. Pourtant, parfois, j'en doutais. Je lui avais avoué mes sentiments quelques semaines plus tôt, mais lui ne s'était jamais déclaré. Qui sait ? Il jugeait peut-être que c'était inutile. Je n'avais pas le cran de l'interroger sur la question.

— C'est dommage qu'on ne vole plus sur des balais, a-t-il soudain lancé en souriant.

— C'était vraiment le cas avant ? ai-je demandé, curieuse. Cool !

— Tu parles ! À mon avis, ça devait être horriblement inconfortable : un siège dur, pas de chauffage ni de climatisation, des insectes qui viennent se coincer entre tes dents...

La lueur amusée qui éclairait son regard m'a redonné le sourire.

— Je crois que je vais m'en tenir à la voiture, alors, ai-je répondu en riant.

Il y avait une bonne raison à notre venue à New York : Hans. Ou plutôt Hans, mon rêve, et la vieille chaudière de notre lycée qui était tombée en panne la veille, nous offrant par la même occasion un week-end de cinq jours car le lundi était férié.

Le Haut Conseil avait pris mon rêve très au sérieux. Il y avait reconnu une vision prophétique et avait ordonné à Hans de mener l'enquête. « Il pense que les animaux représentent les membres d'un cercle woodbane appelé Amyranth », m'avait informée Hans après avoir rapporté mon rêve au Conseil. (Ce nom me disait quelque chose, mais quoi ?) Hans m'avait expliqué qu'il s'agissait de l'un des cercles woodbane qui n'avaient pas renoncé à la magye noire. L'un des pires. On les suspectait de s'adonner à l'art interdit de la métamorphose. En fait, un autre cercle, Turneval, connaissait cette pratique, mais il avait été dissous au début des années soixante-dix, après que ses principaux membres avaient été dépossédés de leurs pouvoirs par le Conseil. Pour éviter de subir le même sort, Amyranth avait toujours agi dans l'ombre. Ses membres appartenaient souvent à un autre cercle qui leur servait de couverture. Hans m'avait aussi appris que Selene appartenait à Amyranth. Et là, j'ai compris pourquoi ce nom m'était familier : Selene l'avait mentionné devant moi le jour où...

Selene s'était servie de Nicolas, qui était à la fois son fils, le demi-frère de Hans et mon premier amour, pour que je la rejoigne. Après l'échec de son plan, elle avait kidnappé ma sœur, Mary K. Hans et moi avions dû affronter la sorcière en face à face, juste avant Noël. Nous l'avions échappé belle, mais je craignais que ma sœur n'en ait gardé des séquelles.

Cette nuit-là, Nicolas s'était interposé entre moi et l'éclair d'énergie noire qui m'était destiné. Il avait péri, de la main de sa propre mère. Après m'avoir manipulée et trahie, il avait donné sa vie pour moi. J'étais toujours sous le choc : ce garçon sublime n'était plus ; il était mort à cause de moi.

Selene avait elle aussi perdu la vie – bien sûr, je n'avais pas eu l'intention de la tuer, mais l'idée que ma magye avait contribué à sa fin me hantait. Je n'avais jamais côtoyé la mort de si près. C'était horrible, vide de sens, irrévocable. Voir les corps inertes de Nicolas et Selene m'avait profondément marquée. Malgré leurs pouvoirs formidables, ils étaient mortels, comme tout le monde. Depuis cette nuit-là, je regardais les gens que j'aimais d'un autre œil.

Nous sommes si fragiles, si vulnérables. Cette idée ne me quittait pas tandis que je me dirigeais vers New York par cette belle matinée.

— Ça va ? m'a demandé Hans doucement. Si tu continues à serrer ton volant aussi fort, tu vas finir par l'arracher du tableau de bord.

— Tout va bien, l'ai-je rassuré en me décrispant.

— Tu penses à Nicolas et à Selene ?

Il était très réceptif à mes émotions. Personne n'avait jamais deviné aussi finement mes pensées et mes sentiments. Parfois, cela m'agaçait. Parfois, c'était réconfortant. À cet instant précis, il y avait un peu des deux.

J'ai hoché la tête. Hans et Nicolas n'avaient jamais pu s'entendre. De vrais frères ennemis. Mais Hans savait que j'avais aimé Nicolas, et il faisait de son mieux pour respecter mes sentiments passés.

— Parlons d'autre chose, ai-je suggéré. Tu peux me rappeler pour quelle raison nous allons à New York ? Je ne suis pas sûre d'avoir tout compris.

— Comment ça, « nous » ? Toi, tu restes en dehors de ça. Je ne veux pas que tu prennes le moindre risque, Morgane.

J'ai senti une pointe d'irritation monter en moi. Nous avions déjà eu cette discussion plusieurs fois. Parce qu'il s'agissait de mon cauchemar, le Conseil avait suggéré que j'accompagne Hans, au cas où il aurait besoin de me consulter. De mon côté, je mourais d'envie de venir : je voulais en savoir plus sur mon rêve et j'adorais l'idée de passer du temps avec Hans à New York.

Hans, lui, n'était pas de cet avis. Il trouvait que

c'était trop dangereux, d'autant plus que Selene avait agi au nom d'Amyranth : j'étais peut-être toujours leur cible. Je ne pouvais prétendre que cette éventualité ne m'effrayait pas, mais depuis la mort de Selene, rien ne m'était arrivé et je commençais à me sentir en sécurité, suffisamment pour que mon désir de passer du temps avec Hans l'emporte sur ma peur.

— De toute façon, tu ne peux pas venir, avait-il rétorqué quand j'avais abordé la question. Tu dois aller au lycée. Tes parents ne voudront jamais que tu sèches pour aller te promener à New York.

Sur ce point, il avait raison. Mais c'était compter sans la panne de la fameuse chaudière ! Bridget avait alors suggéré que nous profitions de la mission de Hans pour faire un court séjour dans l'appartement new-yorkais de son père. Après une longue discussion, mes parents avaient accepté que j'y aille, et Hans s'était retrouvé à court d'arguments. En y repensant, un sourire s'est dessiné sur mes lèvres : ce devait être le destin.

Au bout du compte, nous nous étions retrouvés tous les six : Ada venait car elle veillait toujours sur son cousin, Rose l'accompagnait et Xavier était avec Bridget.

Le trafic plus dense m'a forcée à ralentir.

— Alors, si j'ai bien compris, les animaux de mon rêve étaient en fait des sorciers d'Amyranth sous leur forme animale ?

— C'est ce que nous pensons. Nous savons qu'ils utilisent des masques représentant des animaux lors de leurs rituels les plus macabres. Il est rare qu'un sorcier puisse se changer en animal, mais eux en sont capables. Ce sont des métamorphes. Le Conseil pense que le louveteau symbolise l'enfant du sorcier-loup.

— Hein ? Mais… mais dans mon rêve, le louveteau allait être sacrifié ! Tu veux me faire croire qu'un père – ou une mère – s'apprête à tuer son propre enfant ?

— C'est notre théorie. Il y a de grandes chances pour que les pouvoirs de la victime se fassent absorber. Ce qui entraînera certainement sa mort.

— Et que sait-on d'autre ? ai-je demandé après une pause, en essayant de rester aussi calme que Hans.

— Rien. Le Conseil ne sait pas quelle branche d'Amyranth est concernée.

— Combien y a-t-il de branches ?

Hans a poussé un long soupir.

— Quatre, à notre connaissance. Une à San Francisco – c'était le groupe de Selene –, une près de Glasgow, en Écosse, une dans le nord de la France et une autre ici, à New York. Nous avons réussi à placer des espions dans les trois autres branches, mais malheureusement nous avons très peu d'informations sur celle qui nous intéresse. Nous savons simplement qu'elle existe. Nous n'avons pu identifier un seul de ses membres, ni la relier au moindre incident impliquant la magye noire. C'est la plus mystérieuse de toutes.

J'ai essayé d'y voir plus clair.

— Alors le Conseil ne sait pas qui est ce sorcier-loup ?

— Non, ni le louveteau. Nous pensons que ce

dernier est un jeune sorcier – ou une jeune sorcière – qui court un terrible danger. C'est tout.

— Et toi, tu es censé faire quoi ?

— Comme je te l'ai déjà dit, on a des agents dans les trois autres groupes d'Amyranth. Ils feront leur possible pour récolter un maximum d'informations. Moi, de mon côté, je dois me renseigner sur la branche de New York, découvrir qui est en danger et, si la victime s'avère être à New York…

— … nous devrons trouver un moyen de la protéger, ai-je fini à sa place.

— *Je* devrai trouver un moyen de la protéger. Toi, tu es là pour te détendre et profiter de la ville. Le shopping, les musées, les pâtisseries, la statue de la Liberté…

— Arrête un peu ! Tu vas avoir besoin d'aide. C'est vrai, quoi, tu n'as pas la moindre piste. Par où comptes-tu commencer ? Tu vas essayer un sort de divination ?

— Tu crois que le Conseil n'a pas déjà essayé tout ce qu'il était magyquement possible de tenter ? Nous sommes dans une impasse. Maintenant, c'est un travail de terrain. Et toi, tu ne peux pas m'aider.

Comme j'allais protester, il a délicatement posé un doigt sur mes lèvres avant de poursuivre :

— Tu le sais aussi bien que moi, Morgane. C'est trop dangereux. Ce qui me rappelle que le Conseil ignore autre chose.

— Quoi donc ? l'ai-je interrogé en klaxonnant car la circulation s'était ralentie.

— La raison pour laquelle c'est toi qui as reçu ce rêve.

Une goutte de sueur glacée a dégouliné le long de ma nuque. Je suis restée silencieuse, pensive.

— Xavier, vire ton coude de mes côtes ! a grogné Rose.

À l'arrière, tout le monde semblait maintenant réveillé. Xavier s'est penché vers nous.

— Bonjour. On est où ?

— À huit kilomètres au nord de la ville, a répondu Hans.

— Je meurs de faim. Si on s'arrêtait pour prendre un petit déj ? a suggéré Xavier.

— J'ai apporté des muffins, a annoncé Bridget.

En jetant un coup d'œil dans le rétroviseur, je l'ai aperçue qui tendait un sac en papier plein de gâteaux : malgré ses yeux bouffis de sommeil, elle ressemblait toujours à un top model : grande et mince, avec des yeux marron et des cheveux châtains, lisses et brillants. Elle et Xavier, notre meilleur ami depuis le primaire, sortaient ensemble depuis peu. Plus ou moins. Lui était fou amoureux d'elle, mais lorsqu'il lui avait avoué ses sentiments, elle l'avait pratiquement jeté. Pourtant, elle continuait à le fréquenter. Je n'arrivais pas à savoir ce qu'elle éprouvait vraiment pour lui. Il faut dire que je n'étais pas experte en la matière. Hans n'était que mon deuxième petit copain.

— Qui en veut un au citron ? a demandé Rose en farfouillant dans le sac. Ada ?

— Oui, merci, a répondu cette dernière en bâillant.

Ada et Rose étaient comme le jour et la nuit. Ada était mince, pâle, blonde, et elle affichait un penchant pour les vêtements androgynes. Rose, elle, était la gothique officielle de Widow's Vale, avec toute la panoplie, en cuir noir et latex. Ce matin-là, elle portait un bustier moulant qui laissait voir le cercle de flammes autour de son nombril. Un piercing violet brillait au coin de son nez. Alors qu'elle avait toujours collectionné les garçons, elle sortait maintenant avec Ada. Et Ada était amoureuse d'elle. Il paraît que les contraires s'attirent, non ?

Hans a pris un muffin à la groseille et en a mis un bout dans ma bouche.

— Merchi, ai-je articulé.

Il a tendu la main pour enlever une miette sur mes lèvres. Nos regards se sont croisés, et j'ai rougi en voyant le désir enflammer ses prunelles.

— Euh, Morgane ? a coupé Xavier. La route, s'il te plaît !

Les joues en feu, je me suis efforcée de rester concentrée sur la circulation, me demandant à quoi ressemblerait notre séjour chez le père de Bridget.

D'accord, nous ne serions pas seuls, mais l'idée de me retrouver avec Hans dans un appartement new-yorkais me semblait terriblement romantique. Je nous imaginais dans la chambre principale, contemplant les lumières de Manhattan à la tombée de la nuit.

« Et après ? » ai-je songé, un peu inquiète. Hans a senti mon appréhension et a retiré sa main de ma cuisse.

— Qu'est-ce qu'il y a ? s'est-il enquis.

— Rien.

— Tu es sûre ?

— Euh… je n'ai pas trop envie d'en parler…

— Comme tu veux, a-t-il répondu, me laissant à mes pensées.

Nicolas avait été mon premier amour. Le beau, le charismatique, le séduisant Nicolas. Malgré cela, je ne m'étais pas sentie prête à aller jusqu'au bout avec lui. Qui sait ? En mon for intérieur, je devais sentir qu'il me manipulait et me mentait…

Avec Hans, c'était différent. Je l'aimais, lui faisais confiance et il m'attirait inexorablement. Alors pourquoi est-ce que l'idée de coucher avec lui m'effrayait ? J'ai jeté un coup d'œil à mes amis dans le rétroviseur. Xavier était encore vierge, comme moi. Sauf que maintenant qu'il était avec Bridget, ce n'était plus qu'une question de temps. Je ne savais pas pour Ada, mais Bridget m'avait un jour confié qu'elle avait perdu sa virginité à quinze ans. Quant à Rose… je n'arrivais même pas à imaginer qu'elle ait été vierge un jour !

Qu'est-ce qui clochait chez moi ? J'avais dix-sept ans, et si peu d'expérience…

— Prends la prochaine sortie, a murmuré Hans.

J'ai suivi ses indications, et le ciel a soudain disparu derrière une nappe de pollution, de grands panneaux d'affichage et des immeubles en briques délabrés. On avançait maintenant par à-coups, et les conducteurs irrités klaxonnaient sans discontinuer. La camionnette devant moi a crachoté un épais nuage noir de gaz d'échappement, pendant qu'un taxi me hurlait dessus en me dépassant par la droite.

Je me suis sentie envahie par un courant d'énergie brute : nous étions arrivés à New York.

2.

Recherches

3 mars 1977

Ma tenue de mariage est prête : la tunique blanc et or brodée des runes du pouvoir, la ceinture tissée de fils dorés et écarlates, le bracelet d'or du promis, orné de rubis, que j'ai hérité du grand-père de Grania. Chaque accessoire a reçu des sorts censés nous conférer force et fertilité, nous protéger et nous assurer richesse et longue vie.

Et l'amour, dans tout cela ? Grania me taquine en me disant que j'ai le cœur dur comme la pierre. Elle a peut-être raison : je sais que je ne l'aime pas, même si je me sens bien avec elle.

Je repense à mon aventure de l'année passée avec cette Woodbane américaine, Selene : je sais que je ne l'aimais pas non plus, mais, par la Déesse, je n'avais jamais rien vécu d'aussi excitant. Quant à Grania, elle est plutôt jolie, et docile. De plus, sa magye est puissante. Nos enfants seront forts, et rien ne compte plus à mes yeux : le pouvoir. Le pouvoir des Woodbane.

Alors pourquoi l'hésitation m'envahit-elle tandis que je me prépare pour notre mariage ? Et pourquoi cette maudite robe blanche ne cesse-t-elle de hanter mes rêves ?

— neimhich

Une fois dans New York, j'ai suivi les indications de Bridget jusqu'au parking souterrain de l'immeuble où résidait son père.

L'employé a regardé ma voiture d'un drôle d'air : Das Boot, avec ses couches de mastic gris, son capot bleu ardoise et son pare-chocs flambant neuf, ne payait vraiment pas de mine.

Bridget a baissé sa vitre pour parler à l'homme en uniforme :

— Nous sommes des invités de M. Warren, appartement 3060, lui a-t-elle expliqué. Il a fait une demande de pass temporaire pour nous.

Le gardien a vérifié ces informations sur son ordinateur puis nous a laissés entrer. Le parking n'abritait que des BMW, des Jaguars, des Mercedes et des monospaces haut de gamme.

En descendant de Das Boot, j'ai tapoté son aile cabossée avant de déclarer :

— Tu as ta place ici. Ces gens ont besoin de savoir à quoi ressemble une vraie voiture.

— C'est le véhicule idéal pour conduire en ville, m'a assuré Xavier. Personne n'aurait l'idée de le voler !

Chargés de bagages, nous avons rejoint l'ascenseur, et Bridget a appuyé sur le bouton du trentième étage. Hans m'a pris la main et l'a serrée fort. « Le trentième étage ! Comme dans les films ! » ai-je songé.

Rose a souri à Ada avant de déclarer :

— C'est trop cool. J'adore New York.

— Tu crois que je pourrais te convaincre de visiter les Cloîtres ? lui a demandé Ada en lui rendant son sourire.

— Bien sûr. C'est un musée médiéval, non ? J'adore tout ce qui touche au Moyen Âge.

Les portes de l'ascenseur se sont effacées et nous nous sommes dirigés vers le bout du couloir. M. Warren a ouvert avant même qu'on ne frappe à la porte. Comme sa fille, il était grand et mince, et très séduisant. Il portait un costume chic et une cravate en soie assortie.

— Entrez. Je vous ai vus arriver dans le visiophone, nous a-t-il expliqué en montrant du doigt un petit écran près de la porte où apparaissait le couloir du trentième étage.

Il a déposé un rapide baiser sur la joue de sa fille avant de me saluer. J'ai répondu poliment, un peu gênée – il m'avait toujours rendue nerveuse.

Il a appuyé sur un bouton du visiophone, et l'image du couloir a cédé la place à celle du parking. Un autre bouton correspondait à l'entrée de l'immeuble, où se tenait un autre gardien.

— J'ai averti les gens de la sécurité que vous resteriez ici jusqu'à lundi. Vous avez fait bonne route ?

Bridget s'est étirée avant de répondre :

— Nickel : Morgane a conduit, et moi j'ai dormi tout le temps. Au fait, Papa, tu connais déjà Xavier, Rose et Ada. Je te présente Hans O'Neal, le cousin d'Ada. Je t'en ai déjà parlé.

Je me suis demandé ce qu'elle avait bien pu raconter à son père. Est-ce qu'il savait que Hans et Ada étaient des sorciers, et que sa fille pratiquait la Wicca ? Probablement pas. M. Warren était un père plutôt cool. La moitié du temps, il vivait à New York et laissait Bridget seule à Widow's Vale. Et même lorsqu'il était avec elle, il n'imposait rien à sa fille, ne l'obligeait pas à rentrer pour le dîner ni à l'appeler pour lui dire où elle se trouvait. À cause de cette éducation permissive, mes parents avaient hésité à me laisser venir.

M. Warren est parti travailler en nous laissant des trousseaux de clefs. Il nous a prévenus qu'il rentrerait tard dans la soirée.

— Venez, je vous fais le tour du propriétaire, a annoncé Bridget.

La visite a pris deux minutes. L'appartement ne comprenait qu'un salon assez spacieux, une chambre principale, un petit bureau, une chambre d'amis riquiqui, une salle de bains, et une cuisine exiguë mais fonctionnelle. Le tout décoré avec sobriété.

Tout le monde a poussé des « Oh ! » et des « Ah ! », mais je ne pouvais m'empêcher d'être un peu déçue ; et je sentais que les autres l'étaient aussi. Même si Bridget nous avait dit qu'il n'y avait que deux chambres, je m'étais attendue à quelque chose de plus grand, de plus grandiose. Dans un appartement si petit, on n'allait pas avoir beaucoup d'intimité.

— C'est chouette, a commenté Xavier. En plus, l'immeuble est bien situé.

— Il n'y a qu'une seule salle de bains ? s'est indignée Rose. Pour nous sept ?

— On est à Manhattan, a rappelé Bridget. L'espace est un luxe. En fait, selon la norme du quartier, cet appartement est plutôt grand, tu sais.

Nous avons déposé nos sacs près du canapé avant de planifier la journée.

— Il est à peine plus de dix heures. J'ai plusieurs personnes à contacter, a déclaré Hans.

— Tu veux de l'aide ? lui a proposé Ada.

J'ai dû réprimer le sentiment de jalousie irrationnelle qui m'envahissait. « C'est sa cousine, me suis-je dit. Ils veillent l'un sur l'autre depuis toujours. »

Hans m'a regardée en coin d'un air amusé : il avait senti ma réaction.

— Non, a-t-il répondu à Ada. Pas pour l'instant, en tout cas. J'aurai moins de mal à obtenir des informations si je suis seul. On n'a qu'à se retrouver ici vers dix-huit heures ?

— Ça marche pour moi, a lancé Rose. Je connais quelques boutiques trop cool près d'ici : qui veut m'accompagner ?

Ada, Bridget et Xavier se sont portés volontaires. Prétextant que je voulais me reposer après la route, je suis restée seule à l'appartement. En fait, j'avais moi aussi une mission secrète. Il me fallait un peu de temps pour mettre au point mon plan d'attaque.

Après leur départ, j'ai sorti de mon sac à dos le livre des ombres de Maeve, ainsi que son athamé. Je me suis assise par terre dans le salon, et j'ai ouvert le livre à une page datée d'avril 1982, quelques mois après l'arrivée de Maeve et d'Angus, mes vrais parents, aux États-Unis. Ils avaient quitté l'Irlande, car leur cercle, Belwicket, avait été détruit par un phénomène inconnu appelé « vague noire » – une concentration d'énergies négatives destructrices. Eux seuls avaient survécu.

Ils s'étaient installés à New York et avaient déménagé quelques mois plus tard à Meshomah Falls, une petite ville à deux heures de route au nord de Widow's Vale.

Sur cette page de son livre des ombres, Maeve racontait à quel point elle était malheureuse à New York. Elle avait l'impression que Manhattan était un endroit coupé de l'énergie vitale de la terre. Elle n'en regrettait que davantage tout ce qu'elle avait perdu.

J'ai tenu l'athamé au-dessus de la page, suivant doucement du bout de la lame d'argent les lignes manuscrites. Au contact du métal, des mots en lettres de lumière sont apparus : il s'agissait de l'un des paragraphes secrets de Maeve.

Voilà des heures que je contemple cette montre en or comme s'il s'agissait d'un présent de la Déesse en personne. J'aurais dû la laisser en Irlande. C'est un très bel objet, symbole du lien qui unit deux amants. Mais c'est Ciaran qui me l'a donnée, la nuit où nous nous sommes promis l'un à l'autre. Si Angus la voit un jour, il ne s'en remettra pas.

Est-ce que, par hasard, je l'ai gardée dans l'espoir qu'elle aiderait Ciaran à me retrouver ? Non, je ne dois même pas y penser. J'ai choisi de vivre ma vie aux côtés d'Angus, et je dois m'y tenir.

Le mois prochain, nous quittons cette horrible ville pour nous installer à la campagne. Il faut que je me débarrasse de cette montre. Je n'ai pas le courage de la détruire, mais je refuse de l'emporter. Nous partons, elle reste ici.

Ciaran était le mùirn beatha dàn de Maeve, pourtant il lui avait menti et l'avait trahie. Elle l'avait rejeté mais, des années plus tard, il l'avait retrouvée à Meshomah Falls. Il l'avait piégée, ainsi qu'Angus, dans une grange abandonnée à laquelle il avait mis le feu. Elle n'était que bonté, lui m'apparaissait comme le mal incarné. Comment avait-elle pu l'aimer ? Je n'y comprenais rien. Pourtant... pourtant, moi, j'avais aimé Nicolas, qui avait failli me tuer de la même façon que Ciaran avait assassiné ma mère.

Je voulais en savoir plus, comprendre, tout d'abord pour que ces questions cessent de me tourmenter, mais aussi pour mieux connaître Maeve.

Lorsque nous avions organisé ce week-end à New York, je m'étais rendu compte que l'appartement du père de Bridget se trouvait dans le quartier où Maeve et Angus avaient habité. Si je pouvais retrouver l'endroit exact, peut-être mettrais-je la main sur la montre. Maeve avait écrit qu'elle la laisserait derrière elle. Je savais que si, par chance, elle l'avait abandonnée à l'endroit même où ils vivaient, quelqu'un l'aurait sûrement trouvée avant moi. Pourtant, il fallait que j'en aie le cœur net.

Pourquoi cette montre m'obsédait-elle tant ? Je l'ignorais, mais j'avais un besoin irrépressible de la voir, de la tenir entre mes mains. Bien sûr, j'avais conscience que tout objet touché par Ciaran était souillé, et potentiellement dangereux. Pour cette raison, je n'en avais parlé à personne, pas même à Hans.

J'ai remis le livre et la dague dans mon sac. Chez moi, avant de partir, j'avais tenté de découvrir l'ancienne adresse de Maeve en lisant dans le feu, mais je n'avais vu que l'image floue d'un appartement miteux. Malgré toutes les connaissances que j'avais reçues d'Alyce au cours du tàth meànma brach, je n'avais pas réussi à en savoir davantage. Il faut dire que la divination n'était pas le point fort d'Alyce ! Je devais donc recourir à des moyens beaucoup plus ordinaires pour retrouver l'adresse exacte.

J'avais vu un annuaire dans le petit bureau. J'y ai cherché l'adresse du service de l'état civil du quartier, puis j'ai consulté le plan de métro que M. Warren nous avait laissé. Ce service se trouvait près de l'Hôtel de ville, sur la ligne 6.

J'allais partir quand la porte de l'appartement s'est ouverte : Bridget était revenue.

— Tiens, tu es toute seule ? ai-je demandé.

— Oui, je les ai laissés dans une galerie d'art, devant une espèce de performance impliquant une pyramide en pierre, deux danseurs habillés en papier alu et une pelote de fil géante. Xavier était fasciné, m'a-t-elle expliqué en riant. Tu sors ?

J'ai hésité à lui dire la vérité, craignant qu'elle ne tente de me dissuader.

— J'allais faire un tour, ai-je répondu. Je pensais acheter des bougies pour le cercle de samedi. Tu es sûre que ton père ne dira rien ?

— Il ne dira rien parce qu'il n'en saura rien. Sa petite amie habite dans le Connecticut et il va passer samedi et dimanche chez elle. (Elle a sorti son porte-monnaie pour vérifier son contenu.) Je sors faire quelques courses. Je connais mon père : à part un morceau de fromage, un pot d'olives et un paquet de café moulu, on ne trouvera rien de comestible dans la cuisine. On n'a qu'à y aller ensemble ! Je connais toutes les boutiques du quartier.

— Bonnc idée.

J'étais contente d'avoir l'occasion de passer un peu de temps avec Bridget, même si cela retardait ma mission. Notre amitié n'était pas tout à fait redevenue comme avant, mais chacune faisait des efforts.

Dehors, le vent vif nous picotait les joues. Il m'a fallu un instant pour m'adapter à la foule, au bruit, et aux immeubles immenses qui nous entouraient. Comme si New York vivait à un rythme plus soutenu que le reste du monde. Je trouvais ça à la fois intimidant et merveilleux.

— Cool, hein ? a fait Bridget.

— C'est comme si on était à des années-lumière de Widow's Vale.

— C'est le cas, m'a-t-elle répondu avec un grand sourire.

— Alors ? Tout se passe bien avec Xavier ? me suis-je enquise.

— Ça va, a-t-elle concédé, mais son sourire avait soudain disparu.

Nous sommes entrées dans un supermarché. Bridget a attrapé un panier et s'est dirigée vers le rayon traiteur pour commander une salade de macaronis et des blancs de dinde.

— Comment ça, « ça va » ? Tu rigoles, vous aviez l'air au paradis tous les deux dans la voiture !

— Ça ne veut rien dire, m'a-t-elle corrigée en haussant les épaules.

— Et pourquoi ?

Son expression m'a donné l'impression d'avoir sept ans et demi.

— Quoi ? ai-je insisté. Qu'est-ce qui ne va pas chez Xavier ?

— Rien. On s'entend super bien. C'est là le problème.

Pendant qu'on se dirigeait vers le rayon des sodas, j'essayais de comprendre où elle voulait en venir. Je la connaissais depuis longtemps et je l'avais vue plaquer des dizaines de mecs pour toutes sortes de raisons. L'un était trop égoïste, l'autre trop possessif. Un autre disait du mal de tout le monde, un quatrième ne savait parler que de tennis.

— OK, ai-je finalement soupiré. Je suis peut-être idiote, mais je ne vois pas le problème.

— C'est pourtant simple : si tu tombes amoureuse, tu risques de souffrir. Sinon, tu ne risques rien.

— Et ?

— Xavier voudrait que je l'aime autant qu'il m'aime. Mais ce n'est pas ce que moi je veux. Trop risqué, a-t-elle lâché d'un ton agacé.

Elle a attrapé une bouteille de Coca light et s'est tournée vers moi, les yeux emplis de colère.

— Enfin, Morgane, t'es bien placée pour le savoir, non ? Tu es tombée amoureuse de Nicolas, et regarde où ça t'a menée !

J'en suis restée bouche bée. Elle pouvait vraiment être cruelle, parfois...

— Je suis désolée, a-t-elle ajouté en vitesse. Ce n'est pas ce que je voulais dire.

— Si, c'est exactement ce que tu voulais dire, ai-je rétorqué en essayant de garder mon calme.

— Bon. Peut-être bien, a-t-elle reconnu. Que veux-tu ? Quand on aime vraiment quelqu'un, on a toutes les chances d'avoir le cœur brisé. L'amour, c'est bon pour le commerce à la Saint-Valentin. Mais dans la vraie vie, ça gâche tout.

— Tu le penses réellement ?

— Oui.

Elle a tourné les talons pour se diriger vers le rayon des chips. Quand je l'ai rejointe, elle les contemplait d'un air sérieux, comme si elle n'arrivait pas à choisir le goût qu'elle voulait.

— Tout ça, c'est à cause de tes parents ? ai-je demandé avec beaucoup de tact.

Ils s'étaient séparés lorsqu'elle avait douze ans : sa mère était partie en Europe avec son prof de tennis. Bridget en avait beaucoup souffert.

— Mes parents ne sont qu'un exemple parmi d'autres, m'a-t-elle répondu en haussant les épaules. Je ne vois pas pourquoi tu en fais un fromage. L'amour, c'est pas mon truc, point. Je suis trop jeune, et je préfère profiter de la vie.

J'ai compris qu'elle venait de clore la conversation. J'ai aussi compris, avec un pincement au cœur, que nous étions devenues différentes.

— Bon, ai-je soupiré. J'ai un truc à faire. Je serai de retour dans une ou deux heures.

Bridget s'est tournée vers moi, les yeux pleins de

regrets. Jadis, elle m'aurait demandé où j'allais, et je l'aurais invitée à m'accompagner.

— Je m'occupe des bougies et du sel pour le cercle, a-t-elle déclaré. Tu n'as pas peur de te perdre ?

— Ça ira. À plus.

3.

Quand les sorciers dansent

6 septembre 1977

Mon fils est né il y a dix jours. Je sais que je devrais être un papa comblé: le bébé est en parfaite santé. Mais, par la Déesse, ce qu'il est bruyant et casse-pieds! Et Grania est toujours aussi grosse! Quand redeviendra-t-elle comme avant? Et pourquoi tout le monde agit-il comme si je n'existais plus?

Ce soir, le petit Kyle a pleuré à pleins poumons pendant trois bonnes heures («Le pauvre chou a des coliques», a clamé Grania, comme si ça rendait ses gémissements plus supportables!) et j'ai craqué. Je suis parti descendre quelques pintes au pub et bouder dans mon coin. Sur le chemin du retour, un vieux chat de gouttière a surgi de nulle part. J'étais tellement surpris que j'ai trébuché sur des poubelles. Sans même y réfléchir, j'ai marmonné un sort et ce fichu sac à puces a éclaté en mille morceaux. Maintenant, je me sens bête. Ce n'est pas dans mes habitudes de me défouler de cette manière.

— Neimhich

Une fois à la station de métro la plus proche, j'ai vérifié l'itinéraire sur un plan avant d'acheter un ticket. Une minute plus tard, j'étais dans une rame qui filait vers le sud de la ville. J'avais déjà pris le métro plusieurs fois avec ma famille. Mary K. n'avait pas du tout apprécié l'expérience, alors que j'avais adoré l'impression de vitesse, le balancement incessant des voitures, le rythme effréné qui régulait les montées et les descentes.

Je suis sortie à l'arrêt de l'hôtel de ville puis, après m'être renseignée, j'ai trouvé le service de l'état civil et le bureau du cinquième étage où étaient conservés les registres des locataires de la ville.

L'air sentait le vieux papier ; le sol, l'ammoniac. Près de la porte, une demi-douzaine de personnes étaient assises sur un banc en bois. Quelques-unes lisaient, les autres regardaient dans le vide.

Je me suis dirigée vers le guichet où se tenait une employée. Elle consultait un ordinateur. Derrière, des étagères étaient remplies de registres reliés de noir.

— Excusez-moi ? ai-je lancé.

Sans un mot, elle m'a désigné un panneau qui indiquait : « Merci de prendre un ticket ». J'ai pris un numéro au distributeur puis je me suis assise près d'un homme à la moustache épaisse.

— Vous attendez depuis longtemps ? lui ai-je demandé.

— J'ai attendu moins longtemps pour avoir ma carte grise !

J'en ai déduit que ça signifiait « oui », mais, puisqu'il n'y avait que sept personnes avant moi, je pensais que ça irait assez vite. Je me trompais. Non seulement l'employée était aussi rapide qu'une tortue lorsqu'elle s'occupait de quelqu'un, mais en plus elle s'octroyait des pauses à rallonge entre deux personnes.

Les minutes s'égrenaient. Je pianotais nerveusement sur ma cuisse, essayant de ne pas laisser de sombres images envahir mon esprit : Nicolas frappé par le nuage de magye noire, son corps gisant sur le sol. Depuis ce jour funeste, ces souvenirs revenaient me hanter régulièrement.

J'ai passé le temps en récitant dans ma tête les propriétés de toutes les plantes médicinales que je connaissais. Ensuite, j'ai attaqué les minéraux. Puis je me suis mise à compter les carreaux du sol, les fissures dans le plafond, les rayures sur les chaises en plastique. « Si seulement j'avais pensé à emporter un livre », ai-je soupiré.

Presque deux heures plus tard, on a enfin appelé mon numéro.

— J'essaye de trouver l'adresse d'un appartement loué par Maeve Riordan et Angus Bramson en 1982, ai-je expliqué à l'employée.

Elle m'a regardée comme si je lui avais parlé en chinois.

— C'est impossible. Le système informatique ne peut pas retrouver un appartement à partir du nom des locataires. C'est l'inverse : vous me donnez l'adresse et je vous dis qui vit là.

— Je sais qu'ils habitaient Manhattan.

— Nous voilà bien avancées ! Il y a des milliers d'appartements à Manhattan ! Je ne peux pas parcourir tous les fichiers du quartier à la recherche d'un Branson.

— Bramson. Avec un M. Et Riordan, l'ai-je corrigée, essayant de ne pas perdre le peu de patience qu'il me restait.

J'ai jeté un œil sur les registres alignés derrière elle : ils portaient une date sur la tranche.

— Serait-il possible de consulter les archives de 1982 ?

— Pas sans l'autorisation de ma supérieure. Elle est en vacances pour deux semaines. Revenez donc en février, a-t-elle suggéré.

— Mais je ne serai plus là, en février !

Elle s'est tournée vers son ordinateur, me signifiant que l'affaire était close. J'allais me diriger vers la porte quand je me suis ravisée. Si cette femme voulait une épreuve de force, elle l'aurait. Et je gagnerais, ai-je décidé, énervée. Je n'ai hésité qu'un instant, même si je savais que je m'apprêtais à faire quelque chose d'interdit.

Seul un vieil homme à l'air fatigué attendait maintenant sur le banc. Il somnolait, il ne verrait donc rien.

Je me suis servie d'un sort très simple, l'un des premiers que Nicolas m'avait appris, celui que j'avais utilisé pour récupérer les instruments de Maeve.

— Je suis invisible, ai-je murmuré. Vous ne me voyez pas. Je ne suis qu'une ombre.

Cette formule ne me rendait pas vraiment invisible mais, grâce à elle, les gens ne me remarquaient pas. J'ai sautillé sur place pour vérifier que mon sort avait marché. Comme l'employée ne bronchait pas, j'ai pris mon courage à deux mains et je suis passée derrière le guichet. J'ai hésité devant le volume de 1982. Je n'étais pas sûre que le sort s'appliquerait à lui aussi.

Je me suis concentrée sur l'ordinateur de la femme. L'électricité était une forme d'énergie et, comme Hans me l'avait appris, cette force était assez facile à manipuler. J'ai projeté ma propre énergie dans l'ordinateur puis, quand j'ai repéré la carte mère, j'ai provoqué des sautes dans l'alimentation.

— Bon sang ! Qu'est-ce qui ne va pas avec cette machine ? a grogné l'employée.

Vite, j'ai ouvert le registre, repéré les informations concernant Manhattan et commencé à parcourir les colonnes. Page sept, j'ai trouvé ce que je cherchais : Bramson. 788 W. 49e rue, app. 3. J'ai replacé l'épais volume sur l'étagère et j'ai gagné la sortie tandis que la femme était toujours penchée sur son écran zébré de lignes étranges. Elle a levé la tête en m'entendant ouvrir la porte.

— Encore vous, a-t-elle lâché, surprise. Je croyais que vous étiez déjà partie.

— Merci de votre aide, ai-je répondu en souriant.

Je me suis dépêchée de sortir, satisfaite d'avoir provoqué une expression perplexe sur son visage.

En attendant le métro, je me suis demandé si l'ordinateur s'était remis de mon intrusion. De toute façon, même si je l'avais buggé pour de bon, je n'avais aucun regret. D'accord, j'avais utilisé ma magye à l'insu de quelqu'un, et je n'en avais pas le droit. Mais cette personne le méritait. De plus, je ne lui avais pas fait de mal.

Bien sûr, si Hans l'apprenait, il serait furieux. Mais c'était un cas de force majeure. Je me sentais bien. Ma magye devenait plus puissante, plus assurée, et j'adorais ça.

Ce soir-là, on a dîné dans une cafétéria bondée, tous les six entassés dans un box sur des banquettes en vinyle rouge. J'étais assise entre Hans et Xavier.

— Alors, qu'est-ce qu'on fait après ? a voulu savoir Bridget.

— Il y a une boîte de nuit, pas très loin d'ici, réputée pour être un repaire de sorciers, a répondu Hans. On m'a dit que le DJ avait peut-être des informations sur Amyranth. Ça vous dirait d'aller danser ?

Tout le monde était emballé. Enfin, tout le monde sauf moi. D'un côté, je mourais d'envie d'aller dans une boîte de nuit branchée de New York, mais, de l'autre, j'étais terrifiée à l'idée que le videur ne me laisse pas entrer ou que, une fois à l'intérieur, on s'aperçoive que je débarquais de ma campagne. En plus, je n'avais jamais eu assez confiance en moi pour aimer danser en public.

— Par contre, j'y mets une condition, a continué Hans. Si quelqu'un vous demande d'où vous venez, répondez simplement du nord de l'État. Et personne ne doit mentionner Selene et Nicolas. Je ne veux pas qu'on sache que vous êtes liés à ce qui leur est arrivé. Pour votre sécurité.

Nous avons acquiescé et sommes partis vers la discothèque. Sur le chemin, Hans m'a pris le bras, ce qui a suffi à me rendre folle de joie. Nous nous sommes arrêtés devant un large bâtiment aux baies vitrées opaques. Un type baraqué en jean noir et en veste en cuir gardait la porte.

— Et s'il ne nous laissait pas entrer? ai-je demandé, soudain très nerveuse.

— Ne t'inquiète pas, m'a rassurée Hans.

J'étais la seule de notre groupe à risquer d'être refoulée. Bridget était canon, Xavier aussi. Rose imposait son style. Quant à Hans et Ada, en plus de leur blondeur, leurs traits fins et leurs pommettes irrésistibles, ils affichaient une attitude cool qui leur ouvrait toutes les portes. Moi, je ne suis pas moche, mais je me trouve vraiment quelconque. Mes cheveux, dont je suis plutôt fière d'habitude, étaient noués en une tresse emmêlée, et je m'étais habillée contre le froid, pas pour sortir en boîte : je portais un pantalon en velours marron délavé, un pull trop grand emprunté à mon père et des chaussures de randonnée.

Je n'ai pas eu le temps de m'inquiéter davantage. Notre groupe s'était avancé jusqu'à la porte et le videur nous a laissés passer avec un signe de tête en direction de Hans.

Je me suis sentie super-puissante, j'avais envie de hurler : « J'ai réussi ! Je suis passée ! »

Ce que je peux être niaise, parfois…

— Je ne savais pas que tu aimais les boîtes de nuit, ai-je soufflé à Hans.

— Mais je n'aime pas ça, m'a-t-il détrompée en souriant alors que nous pénétrions dans une grande salle obscure. C'est pour le travail, pas pour le plaisir.

Près de la porte, un bar donnait sur une immense piste de danse où deux DJ passaient de la house music. De l'autre côté se trouvait un coin salon de thé où l'on servait des cappuccinos et des pâtisseries. Nous avons déposé nos manteaux au vestiaire et Hans s'est éloigné, annonçant qu'il devait parler à quelqu'un. Je me suis efforcée de ne pas me vexer en voyant qu'Ada l'accompagnait. Je suis restée plantée là, tentant d'avoir l'air cool, mais plus mal à l'aise que jamais.

Je me suis dirigée vers la piste de danse. Pour me changer les idées, j'ai ouvert mon esprit, laissant mes sens explorer l'espace.

Une forte pulsation parcourait l'atmosphère. Au bout d'un moment, je me suis rendu compte que ce n'était pas seulement la musique : la discothèque vibrait d'ondes magyques. Je n'avais jamais ressenti une chose pareille. Il devait y avoir des dizaines de sorcières et sorciers-nés. Malgré la foule, je pouvais en repérer un certain nombre, car leur pouvoir s'échappait d'eux comme des volutes de fumée.

La plupart des sorciers-nés que je connaissais tentaient habituellement de dissimuler leurs facultés, mais ceux qui étaient présents ce soir-là ne semblaient guère s'en soucier. Comme ce grand sorcier noir qui dansait sur une petite estrade. Ou cet adolescent maigrelet qui portait un costume vert bien trop grand. Ou encore cette jolie blonde dans sa robe décolletée, et son partenaire de danse, un jeune homme élancé et souple qui portait un bouc.

Wahou. On aurait dit que ces deux-là se livraient à un drôle de duel psychique. Je voyais presque les décharges d'énergie passer de l'un à l'autre. Une autre femme, aux longs cheveux gris, dansait seule en faisant tinter une panoplie de bijoux ambrés. Une aura d'un vert profond l'entourait ; elle était si forte que je me suis demandé si les novices pouvaient eux aussi la voir.

Xavier m'a rejointe, l'air un peu perdu.

— C'est moi, ou il y a un truc bizarre dans l'air ? cria-t-il pour couvrir la musique.

— C'est la magye. Il y a beaucoup de sorcières et sorciers-nés.

— Je ne me sens pas vraiment à ma place, ici.

— Moi non plus, si tu veux savoir.

Voyant son air abattu, je lui ai demandé :

— Où est passée Bridget ?

Sans un mot, il a fait un geste en direction de l'espace salon de thé. J'ai aperçu mon amie qui parlait avec un type roux, plutôt grand et beau. Sous nos yeux, elle s'est tournée vers un autre garçon, d'environ dix-sept ans, et elle lui a posé la main sur le bras pour l'inviter dans la conversation avant de lui adresser un sourire charmeur.

— Franchement, Morgane, je suis masochiste ou quoi ? m'a demandé Xavier en soupirant. Pourquoi est-ce que je m'entête avec elle ?

— Je comprends ce que tu ressens, ai-je répondu en essayant de ne pas m'énerver contre Bridget. Mais ne t'inquiète pas, ça ne signifie rien.

— Peut-être, sauf que ça fait mal. C'est comme si…

Il n'a pas pu finir sa phrase, car une fille recouverte de paillettes, portant une brassière et un minishort dorés, l'a pris par la main.

— Tu viens danser? lui a-t-elle lancé.

Xavier a hoché la tête et s'est laissé entraîner sur la piste.

Mes sens étaient maintenant pleinement éveillés. Un type a attiré mon attention. Il devait avoir dix-neuf ou vingt ans. Il semblait athlétique et ses longs cheveux châtains lui tombaient sur les épaules. Il était tellement puissant que l'on sentait son pouvoir à des kilomètres à la ronde. Il s'est dirigé vers Rose, qui se tenait non loin, puis, soudain, il s'est planté devant moi.

— On se connaît, non? a-t-il fait, les sourcils froncés.

« Il essaye de me draguer ou quoi? me suis-je demandé en paniquant. Ou alors il me connaît vraiment... » En le regardant bien, j'ai eu moi aussi l'impression de l'avoir déjà vu...

— Euh... c'est la première fois que je viens ici, ai-je répondu prudemment.

— Hmmm. Ce n'est pas une raison pour avoir l'air si impressionnée. Ces sorciers de New York se prennent pour des caïds; il ne faut pas les encourager! m'a-t-il lancé en souriant. De plus, je suis sûr que tu es bien plus forte qu'eux tous réunis.

Avant que j'aie trouvé quelque chose à lui répondre, il s'est tourné vers Rose:

— Ah, te voilà, ma belle. Je t'attendais.

Rose l'a regardé d'un air surpris. Le type souriait toujours en l'entraînant vers la piste.

— Alors, qu'est-ce que tu penses de cet endroit ? m'a demandé Ada qui venait de me rejoindre.

— C'est… intense.

— On peut dire ça comme ça, a-t-elle convenu en riant. Jamais plus tu ne reverras autant de sorciers-nés réunis au même endroit.

— Tu sais où est Hans ?

— À l'étage. Il essaye de faire avancer son enquête.

Un cri a attiré notre attention vers le milieu de la piste, là où les danseurs avaient formé un cercle autour de Rose et de son partenaire. Ils se démenaient, se déhanchaient sur un rythme endiablé.

Ada ne quittait pas Rose des yeux. Comme s'il avait senti son regard, le type l'a dévisagée avant d'éclater de rire. Soudain, j'ai eu de la peine pour la cousine de Hans.

— Ne t'en fais pas, lui ai-je glissé à l'oreille.

Alors même que je prononçais ces mots, je me suis étonnée de mon audace : moi, consoler Ada ?

Mais elle s'est contentée de m'adresser un sourire triste avant de dire :

— Je m'en remettrai. Rose est comme elle est. (Elle a fait un signe de tête vers Xavier, qui dansait toujours avec la fille à paillettes.) Lui, il ne sait pas à quel point il est attirant. Je me demande si Bridget s'en rend compte.

Cette dernière était toujours au même endroit, maintenant en compagnie de trois hommes. Pourtant, elle n'avait d'yeux que pour Xavier.

— Peut-être qu'elle commence à s'en rendre compte, ai-je suggéré.

Hans est soudain arrivé derrière moi, et j'ai frissonné lorsqu'il a posé ses mains doucement sur mes hanches.

— Tu t'en sors, Morgane ?

— Je suis un peu dépassée, ai-je avoué en me tournant vers lui. Mais… c'est fascinant !

— Bienvenue chez les tiens, m'a-t-il raillée.

— Tu as parlé au DJ ? l'a interrogé Ada.

— Oui, et s'il sait quelque chose, il ne veut rien révéler. Par contre, je suis tombé sur un sorcier qui est sorti quelque temps avec une membre d'Amyranth. Il accepte de m'en dire plus, mais pas ici. Il m'a donné rendez-vous demain, à l'aube, dans un endroit paumé, a-t-il expliqué avant de sourire. Même si tu n'es pas du matin, Ada, j'ai vraiment besoin que tu m'accompagnes. J'ai peur qu'il ne pose quelques difficultés.

— D'accord. À condition que tu me paies un café, a répondu Ada.

Mon côté rationnel me répétait que j'étais idiote – après tout, Hans me mettait à l'écart pour mon bien – mais je ne supportais plus l'idée que Ada était là pour l'aider, qu'ils formaient une équipe, pendant que moi, je n'étais qu'un boulet, une novice qu'on devait protéger. Ce n'était pas juste ! D'autant plus que c'était *mon* rêve qui nous avait amenés là !

À cet instant, Hans a déposé un léger baiser sur mes lèvres avant d'annoncer :

— Je reviens tout de suite. Pourquoi tu ne vas pas danser ?

— Bien sûr, ai-je marmonné. Tu sais à quel point j'aime danser. Surtout seule.

Mais il était déjà parti. Xavier nous a rejointes, l'air exténué. Bridget n'avait pas bougé, elle ne faisait même plus semblant de flirter : elle avait l'air de bouder dans son coin.

— C'est quoi, son problème, à ce type ? a lancé Ada, les yeux rivés sur le cavalier de Rose. C'est un exhibitionniste ou quoi ?

Le sorcier aux cheveux longs venait d'enlever sa chemise. Son corps était mince et musclé. Rose a jeté un regard amusé vers Ada, l'air de dire : « Tu as vu ça ? » Puis le sorcier a placé ses mains sur les hanches de Rose et soudain des étoiles de toutes les couleurs se sont mises à tomber du ciel. Rose riait en essayant de les attraper au vol. Le type a tracé un signe dans l'air, puis trois étoiles se sont posées dans la main de sa partenaire.

J'en suis restée bouche bée. J'étais à moitié révoltée, à moitié fascinée par cette magnifique démonstration de magye.

— La vache, a lâché Xavier. Qui c'est, celui-là ?

— Un petit frimeur irresponsable, voilà ce qu'il est, a fulminé Ada. J'en ai assez !

Elle s'est dirigée vers le couple, a attrapé Rose par le bras avant de lui parler à l'oreille.

— Je vais retrouver Bridget, a déclaré Xavier. Enfin, si elle n'est pas déjà partie avec un autre...

— Elle ne ferait jamais une chose pareille.

— Tu en es bien sûre ? m'a-t-il demandé, un sourire amer sur les lèvres.

Tout cela me donnait envie de secouer Bridget. Elle aimait Xavier. Pourquoi est-ce qu'elle compliquait les choses ?

Je suis passée au bar prendre un soda, puis j'ai cherché Hans du regard. En vain. J'ai soupiré, essayant de ne pas faire tapisserie. N'y tenant plus, j'ai suivi un panneau indiquant « sortie », histoire de prendre un peu l'air. Je pensais me retrouver dans la rue, au lieu de quoi j'ai atterri dans une petite cour bordée de jeunes chênes graciles. Je n'étais pas seule. Un homme aux cheveux courts et argentés regardait le ciel nocturne. J'ai aussitôt perçu un flot d'énergie vitale. Quant à savoir si elle venait de lui ou de la lune orangée, je n'aurais su le dire.

Je me suis assise sur un banc pour contempler la lune, me demandant ce que cet homme voyait. Soudain, j'ai senti que je me calmais. La lune me semblait à la foi éternelle et familière dans cet endroit où tout m'était étranger. J'ai respiré profondément, tandis que je retrouvais ma paix intérieure.

— La lune est notre ancre en ce monde, a déclaré l'homme sans me regarder.

D'habitude, j'aurais été étonnée par cette déclaration bizarre venant d'un inconnu. Mais, à cet instant précis, ma seule pensée fut : « C'est vrai. » Je n'ai pas éprouvé le besoin de lui répondre. D'ailleurs, il ne semblait rien attendre de tel.

Les yeux rivés sur la lune, je l'ai laissée m'ancrer au monde.

4.

Illusions

15 juillet 1981

J'écris ces mots à bord du ferry qui nous conduit en Irlande. J'ai laissé Grania et nos deux enfants pour rejoindre une délégation de Liathach qui se rend au village où je suis né, Ballynigel, afin d'étudier le cercle de Belwicket. Je ne me souviens de personne, mais j'ai hâte de voir à quoi ressemble un cercle woodbane qui a renoncé au mal depuis une centaine d'années. Magye blanche, magye noire. Je ne comprends pas comment Belwicket a pu renoncer à la moitié de nos pouvoirs, de nos connaissances. Nous allons les observer et, s'ils semblent assez forts pour nous résister, nous prendrons des mesures. Certains ont déjà évoqué la vague noire...

— Neimhich

Les yeux rivés sur la lune, je me suis soudain sentie en paix avec moi-même. Je n'étais plus tourmentée à l'idée que j'avais peut-être fait un mauvais usage de mes pouvoirs, et que je n'étais peut-être pas digne du sacrifice de Nicolas. L'homme aux cheveux d'argent n'avait pas bougé. Il ne m'avait pas regardée une seule fois, mais je sentais comme un lien entre nous. Comme si nous nous connaissions depuis toujours.

« Où es-tu ? » Le message télépathique de Hans a failli me faire sursauter. À contrecœur, je me suis levée de mon banc. L'homme m'a saluée d'un signe de tête. Je suis rentrée dans la discothèque avec l'impression que l'on venait de m'offrir un cadeau étrange et merveilleux.

J'ai retrouvé mes amis entassés sur une banquette rouge près du bar. Le sorcier aux cheveux longs qui avait invité Rose à danser était assis à côté d'elle.

— Morgane, voici Killian, m'a annoncé Ada d'une voix parfaitement neutre qui m'a semblé suspecte.

Killian m'a souri pendant que Hans me laissait une place près de lui.

— Alors, toi aussi, tu viens du Royaume-Uni ? lui a demandé Bridget.

— Eh ouais ! On est venus vous envahir, a-t-il répondu en riant.

— De quelle région ? me suis-je enquise, car son accent était différent de celui d'Ada et de Hans.

— Oh, d'un peu partout. Je suis né en Écosse, j'ai été à l'école à Londres et j'ai passé mes vacances en Irlande et en Écosse. Croyez-moi, dans tous ces coins, il pleut beaucoup trop ! J'en suis encore humide. Tu vois la mousse ? m'a-t-il demandé en tendant son bras vers moi.

Je n'ai pas pu m'empêcher de rire avec lui. Ce type avait vraiment un truc en plus. Il n'avait pas la beauté de Nicolas ou de Hans, mais son énergie était communicative. On sentait quelque chose de sauvage, presque animal, en lui. J'étais curieuse de savoir à quel clan il appartenait, mais je ne pouvais pas lui demander. Chez les sorciers, il était considéré comme indiscret de poser ce genre de question.

— Je vais me chercher une bière, a annoncé Killian en se levant. Qui en veut ?

— Tu as vingt et un an ? ai-je lancé, surprise.

— Pas tout à fait, mais ça peut s'arranger...

Il a tracé un signe dans l'air et ses traits ont soudain changé : des petites rides sont apparues sur son front, entre ses sourcils et autour de ses yeux, tandis que sa mâchoire s'épaississait. Maintenant, il avait l'air d'avoir au moins trente ans.

— Alors, qui veut une bière ? a-t-il répété.

— Moi, je veux bien, a répondu Rose, sous le charme.

— Il est vraiment doué, a déclaré Bridget en le regardant s'éloigner.

— Ce n'était qu'une illusion, a rétorqué Ada. Rien d'extraordinaire.

— Et toi, Morgane, qu'est-ce que tu penses de lui ? m'a demandé Bridget.

J'ai haussé les épaules, ne sachant que répondre. D'une certaine façon, je ne pouvais m'empêcher de l'apprécier pour son culot et sa joie de vivre. D'une autre, son côté animal m'effrayait. Sans parler de son pouvoir d'illusionniste, qui me fascinait.

— Moi, je ne suis pas sûr de lui faire confiance, a déclaré Hans en suivant Killian des yeux.

Rose a allumé une cigarette et a recraché la fumée par les narines en nous regardant d'un air de défi.

— C'est quoi, votre problème ? OK, il frime un peu avec sa magye. Et alors ? Ça signifie juste qu'il est différent.

— On peut dire ça comme ça, oui, a soufflé Ada d'un ton acerbe.

En revenant du bar, Killian avait retrouvé son vrai visage.

— Tu restes combien de temps à New York ? a-t-il demandé à Rose.

Elle allait répondre lorsqu'un regard insistant de Hans l'a fait taire.

— Oh, je ne sais pas trop, a-t-elle fini par lâcher.

— Alors on ne se reverra pas ? a-t-il insisté.

— Ça dépend, a-t-elle minaudé en jetant un œil vers Ada, l'air d'insinuer : « jusqu'où vas-tu me laisser aller ? » Donne-moi tes coordonnées.

— Tu me croirais si je te disais que je vis chez des amis et que je ne me souviens pas de leur numéro ? Et si toi, tu me donnais le tien ?

Quel menteur ! On voyait bien qu'il avait tout inventé. Il ne faisait même pas d'efforts pour sembler convaincant. Rose a dû le remarquer, car elle a haussé les épaules avant de vider sa bière d'un trait et de rétorquer :

— Pareil. Je ne m'en souviens plus.

Killian l'a alors serrée contre lui pour lui donner un léger baiser. Paniquée, j'ai jeté un œil vers Ada, qui bouillonnait intérieurement.

— Rose, on y va, a coupé Hans.

— Le devoir m'appelle, a lancé cette dernière à Killian.

— Vraiment ? a-t-il insisté.

— Oui, a rétorqué Hans.

Nous avons récupéré nos manteaux avant d'affronter le froid de la nuit. Ada et Rose sont parties devant sans nous attendre. Xavier a passé son bras autour des épaules de Bridget et ils se sont élancés d'un même pas, en silence. Malgré les petites tensions de la soirée, ils avaient apparemment enterré la hache de guerre.

Hans était lui aussi silencieux. Il marchait si lentement que les autres nous ont distancés de plusieurs mètres.

— Tu penses à ta mission ? ai-je deviné.

Il a hoché la tête, l'air distrait.

Comment pouvait-il rester concentré sur quelque chose de si flou ? Moi, j'en aurais été incapable, surtout en sa compagnie. De nouveau, j'ai senti le doute m'envahir. M'aimait-il vraiment ? Il s'était montré distant toute la journée.

« Bien sûr qu'il t'aime ! me suis-je reprise. Il n'en fait pas étalage comme Nico. Point. »

Soudain triste, j'ai resserré ma veste sur ma poitrine.

— Tu as froid, Morgane ?

— Je ne suis pas sûre de vouloir retourner dans cette boîte, lui ai-je annoncé. Il y avait tellement de magye dans l'air que c'en était presque insupportable.

— Oui, c'était intense, mais on apprend plein de choses en côtoyant d'autres sorciers. Et puis, il est plus facile de reconnaître et de combattre la magye noire. Ce qui, dans ton cas, est primordial.

Je me suis sentie oppressée. Nous en avions déjà discuté plus d'une fois : la mort de Selene ne signifiait pas qu'Amyranth ne s'intéressait plus à moi. « Je ne serai plus jamais en sécurité nulle part », ai-je pensé avec tristesse.

— Ne t'inquiète pas, m'a-t-il rassurée en s'arrêtant soudain sous un réverbère. Je suis là pour te protéger. Et tu sais bien te défendre, maintenant.

— Je devrais peut-être apprendre à changer de visage grâce à la magye, ai-je murmuré en repensant à Killian.

— C'est un détail. Et pourquoi les illusions t'attirent-elles ? m'a-t-il demandé en fronçant les sourcils. J'ai vu de l'envie dans tes yeux quand Killian a frimé avec ses petits tours de magye.

— Ce n'est pas de l'envie. C'est juste que c'est frustrant : je sais que j'ai le pouvoir d'en faire autant, mais je ne sais pas comment m'y prendre !

— Et alors ? Tu ne pratiques la Wicca que depuis quelques mois. Il faut du temps – toute une vie, même – pour maîtriser la magye.

J'en avais ma claque d'entendre ça ! J'ai recommencé à marcher en maugréant. Hans m'a rattrapée par le bras et m'a attirée contre lui.

— Morgane, je veux que ton potentiel s'exprime au maximum, tu le sais. Mais je n'aimerais pas que, pour y arriver, toi, ou quiconque, en souffre, a-t-il chuchoté en caressant ma joue.

— Je sais.

Il s'est penché vers moi et nos lèvres se sont rencontrées. La tension de la soirée a disparu d'un seul coup. J'ai senti nos énergies se mêler pour ne former plus qu'une et j'ai eu l'impression que nous nous trouvions au centre de l'univers. Tous mes doutes s'étaient envolés.

« L'amour, ai-je pensé. Il n'y a pas magye plus puissante. »

Nous sommes rentrés les derniers à l'appartement. Dans la cuisine, Xavier préparait du pop-corn. Bridget sortait des draps et des couvertures du placard à linge et Rose parlait avec Ada au fond de la pièce. Pas de trace de M. Warren.

— Alors, où est-ce qu'on dort ? s'est enquise Rose en plongeant la main dans le pop-corn.

Personne n'a répondu. Ada s'est tournée vers la fenêtre, Xavier s'est concentré sur le pop-corn, tandis que Bridget murmurait quelque chose à propos de taies d'oreiller, avant de retourner vers le placard.

Les yeux verts de Hans se sont posés sur moi, et je me suis sentie rougir. Je n'osais imaginer qu'on pourrait se retrouver dans le même lit. De toute façon, le manque d'intimité nous empêcherait de faire quoi que ce soit, nous comme les deux autres couples. Cela me rassurait, car je ne me sentais pas prête. Mais mon cœur palpitait à l'idée de m'endormir paisiblement dans les bras de Hans et de me réveiller à ses côtés.

Je ne savais pas ce que Bridget et Xavier avaient en tête. Ils semblaient de nouveau en bons termes, mais je n'avais pas oublié ce que mon amie m'avait révélé au supermarché.

Les bras chargés de linge, elle a déclaré un rien nerveuse :

— Bon, le canapé du salon peut accueillir deux personnes. Il y a deux autres places dans la chambre d'amis, un sofa à une place dans le bureau et un matelas gonflable qu'on peut mettre n'importe où.

— Abrège, a coupé Rose. Comment on se répartit ?

Personne n'a répondu. Finalement, Hans a pris la parole :

— À mon avis, comme M. Warren a la gentillesse de nous héberger, nous ne devons rien faire qui pourrait le contrarier.

— Je ne suis pas sûre qu'il s'en rendrait compte, a répondu Bridget en fixant Xavier avec regret. Mais tu as raison, mieux vaut ne pas tenter le diable. Les filles et les garçons dormiront séparément.

J'ai tenté de cacher ma déception, essayant de me convaincre qu'ils avaient raison. Ensuite, il nous a fallu une demi-heure pour nous répartir dans l'appartement. Au début, Xavier et Hans devaient dormir dans le bureau, Bridget et moi dans la chambre d'amis et Rose et Ada dans le salon. Sauf qu'Ada faisait toujours la tête à Rose, alors finalement Xavier et Hans ont pris le canapé du salon, Rose est venue avec nous dans la chambre d'amis sur le matelas gonflable et Ada s'est enfermée dans le bureau.

Je n'en revenais pas : mon escapade romantique avec Hans s'était transformée en pyjama-party entre filles !

Bridget a attrapé un peignoir avant de disparaître dans la salle de bains, me laissant seule avec Rose.

J'ai sorti ma chemise de nuit de mon sac : une nuisette blanche toute simple avec de jolies bretelles en ruban. En fait, c'est Mary K. qui me l'avait prêtée. Moi, je n'avais que des pyjamas. Ma sœur m'avait lancé : « Tiens, emporte ça. Hans va a-do-rer ! » Tu parles, il n'allait même pas la voir !

Rose avait passé un grand T-shirt noir coupé à l'encolure et aux manches. Assise sur le matelas gonflable, elle examinait le vernis à ongles noir qui ornait ses orteils.

— Ada peut être une vraie garce, quand elle veut, a-t-elle marmonné.

— Possible, ai-je répondu. Mais je crois surtout que tu lui as fait de la peine en flirtant avec Killian.

— Elle sait bien que cela ne voulait rien dire.

— Alors pourquoi l'a-t-elle si mal pris ?

— Aucune idée, a admis Rose d'un ton irrité.

J'ignorais si je devais aller plus loin dans cette conversation. Même si nous étions dans le même cercle, mais nous n'avions jamais été vraiment amies. Au contraire. De plus, elle avait tellement d'expérience avec les mecs que je me serais ridiculisée si je lui avais donné des conseils – moi, je n'avais embrassé en tout et pour tout que deux garçons !

Je réfléchissais à tout cela en me brossant les cheveux lorsque Rose m'a interrompue :

— Eh bien, dis-moi, c'est quoi ta théorie sur Ada ?

« Est-ce bien Rose qui me demande mon avis ? Quelle soirée bizarre ! », ai-je pensé en choisissant les mots que j'allais prononcer.

— Ada tient beaucoup à toi. Et toi, tu l'as blessée. C'est pour ça qu'elle fait la tête. À ta place, je m'excuserais.

Avant que les choses ne deviennent plus bizarres encore, j'ai attrapé ma brosse à dents et je suis sortie. Xavier faisait le pied de grue devant la porte de la salle de bains.

— Bridget est toujours sous la douche, m'a-t-il informée en levant les yeux au ciel. À croire qu'elle se lave les cheveux un par un !

— C'est bien son style ! l'ai-je raillé. Il ne nous reste plus qu'à attendre ! (Une idée folle m'a soudain traversé l'esprit.) Dis, Xavier, ça te dirait qu'on échange nos places cette nuit ?

— Morgane ! Tu te dévergondes ! s'est-il exclamé en riant.

— Pas pour toute la nuit. Juste pour une heure ou deux ?

— J'en sais rien... Toi, tu gagnes un moment romantique avec Hans. Mais moi, je me retrouve avec Bridget ET Rose.

— On attendra qu'il soit une heure passée, ai-je continué. Tout le monde dormira. Tu pourras te glisser près de Bridget. Si Rose se réveille, tu lui diras que tu es somnambule !

— T'as rien trouvé de mieux comme excuse ?

— Allez, Xavier, s'il te plaît ?

Mon cœur a soudain frémi lorsque j'ai vu Hans venir vers nous. Il portait un T-shirt noir à manches longues et un survêtement gris qui mettait en valeur sa silhouette élancée.

Son regard s'est posé sur moi, sur la nuisette

blanche et mes cheveux détachés. Mary K. avait raison : je voyais dans ses yeux qu'il me désirait.

Xavier a dû sentir le courant qui passait entre nous, car il est parti vers la cuisine en déclarant :

— Je vais boire un coup, mais si Bridget se décide à sortir de là, je suis prems !

— Tu es magnifique, a murmuré Hans en s'approchant de moi.

— Merci. Euh… toi aussi, ai-je répondu, embarrassée.

Comme mes mains tremblaient un peu, j'ai croisé les bras pour qu'il ne le remarque pas. J'hésitais à lui dire ce que Xavier et moi avions convenu, mais il a parlé le premier :

— Si je te proposais d'échanger ta place avec celle de Xavier cette nuit, tu accepterais ?

L'appréhension, la peur que je refuse s'entendait dans sa voix. Par la Déesse, qu'est-ce que je pouvais l'aimer !

— Je le lui ai déjà demandé, ai-je répondu, le cœur battant.

Hans a souri, manifestement soulagé. Une lumière émeraude dansait dans ses yeux.

— Les grands esprits… a-t-il chuchoté avant de m'embrasser.

C'est alors que la porte de la salle de bains s'est ouverte.

— Oups, a fait Bridget.

Hans et moi nous sommes séparés.

— Xavier ! La place est chaude, ai-je lancé, contente que la vapeur dissimule le rouge de mes joues.

Une heure plus tard, tout le monde était couché. J'étais trop excitée pour dormir. De temps en temps, je déployais mes sens, cherchant à savoir qui dormait dans la maison. Enfin, j'ai senti que tous s'étaient assoupis sauf Hans et Xavier.

Je suis sortie de la chambre d'amis à pas de loup pour ne pas réveiller les deux filles. Dans le salon, la flamme d'une bougie vacillait. Assis sur le canapé, Hans et Xavier m'attendaient.

— Et Bridget? s'est enquis Xavier.

— Elle dort. Évite de la réveiller en sursaut. M. Warren est rentré?

— Pas encore, m'a répondu Hans.

J'ai attendu que Xavier soit parti pour m'asseoir près de lui, le cœur battant à cent à l'heure.

— J'avais peur que tu ne viennes pas, a-t-il murmuré en me prenant la main. Que tu t'endormes.

— J'ai failli, l'ai-je taquiné.

— Vraiment?

— Non, ai-je admis, me sentant soudain vulnérable.

Une fois encore, je me suis demandé si ce que Hans éprouvait pour moi était vraiment de l'amour. Est-ce que Bridget avait raison? Est-ce qu'il allait me briser le cœur?

«Je n'aurais peut-être pas dû venir, ai-je pensé, commençant à paniquer. Je devrais retourner dans mon lit, éviter de prendre des risques.»

Hans s'est mis à me caresser le bras. Ce simple geste m'a fait frissonner.

— On aurait dit une apparition, a-t-il soudain chuchoté. Quand je t'ai vue, là, dans le couloir, avec ta nuisette blanche et tes cheveux défaits, ta brosse à dents à la main, je n'ai eu qu'une envie : t'enlever et m'enfuir avec toi.

— Ah oui ? Et tu m'aurais emmenée où ? ai-je plaisanté.

— J'en sais rien, a-t-il rcconnu en dégageant une mèche de mon visage. Tu sais, je n'ai jamais regretté d'être devenu un Traqueur. Mais récemment...

— Récemment quoi ?

— J'ai commencé à souhaiter pouvoir faire une pause. Partir quelque part seul avec toi.

Mon cœur cognait dans ma poitrine. J'essayais de ne pas m'emballer pour autant.

— Mes parents n'aimeraient sans doute pas cette idée, lui ai-je fait remarquer en riant.

— Ah oui. Tes parents. Ils n'aimeraient sans doute pas cela non plus, a-t-il ajouté en se penchant vers moi pour m'embrasser dans le cou.

L'énergie qui passait entre nous était si forte, si belle ! Je ne voulais pas résister. Plus maintenant. Doucement, j'ai soulevé son visage pour pouvoir poser mes lèvres sur les siennes. Il m'a enlacée.

Au début, nos baisers étaient doux, presque timides. Les mains de Hans ont glissé le long de ma chemise de nuit. Tout mon corps brûlait de désir, tout mon être appelait Hans. J'ai glissé ma main sous son T-shirt, je voulais sentir la douceur de sa peau et la fermeté de ses muscles. D'un geste tendre, il m'a allongée sur le canapé. À cet instant, il me dévorait des yeux, à mille lieues de sa mission. Il m'a embrassée à nouveau, plus fort.

Soudain, sans raison, il s'est redressé.

— Qu'est-ce qu'il y a ?

— Tu ne le sens pas, Morgane ?

En déployant mes sens, j'ai compris que M. Warren était dans le couloir.

— Oh non ! Il n'a pas le droit d'arriver maintenant ! ai-je gémi.

— On ferait mieux de s'en tenir là, m'a-t-il répondu avec un sourire attristé.

— Non ! On pourrait lui jeter un sort pour qu'il croie qu'il a fait tomber ses clefs dans le garage et qu'il doit redescendre, ou bien…

— Sois raisonnable, m'a conseillé Hans en me donnant une petite tape sur la jambe. Va plutôt prévenir Xavier et Bridget.

Je me suis levée en grognant, puis j'ai déposé un ultime baiser sur ses lèvres.

— La suite au prochain numéro, lui ai-je promis.

5.

Les Offrandes du Mage

16 juillet 1981

Nous sommes arrivés à Ballynigel il y a moins de vingt-quatre heures. Tout a changé. Je sais maintenant pourquoi je rêvais sans cesse de cet endroit, pourquoi je me sentais attiré par l'Irlande comme si un lien invisible me reliait à ce pays.

J'ai vu Maeve Riordan pour la première fois hier soir. Nous étions réunis dans la maison de Mackenna, la grande prêtresse de Belwicket, quand sa fille est soudain entrée, portant un panier plein de mousse, et la jupe couverte de boue.

J'ai eu l'impression de l'avoir attendue ma vie entière. On aurait dit une fée, une créature lumineuse.

Tout en elle m'enchante. Les étincelles qui font pétiller son regard, son rire, ses mains gracieuses et, bien sûr, la magye qui émane d'elle. Sa force est immense, je le sens, autant que celle de Selene. Mais elle ne s'en rend pas compte.

Je lui montrerai comment développer ses pouvoirs à leur maximum. Bien que Belwicket ait renoncé aux coutumes ancestrales des Woodbane, je la convaincrai. Elle partage mes sentiments, je le vois dans son regard.

Je viens de découvrir l'amour, l'amour éternel : il balaye tous les doutes, toutes les questions. Et je sais maintenant que la petite robe blanche de mon rêve... c'était la sienne.

— Neimhich

Quand je me suis levée le vendredi matin à neuf heures et demie, M. Warren, Hans et Ada étaient déjà partis. Ces deux-là devaient être à leur rendez-vous secret. Hans m'avait laissé un mot :

Morgane,
Je te rejoins à l'appartement à 10 h 30.

Hans

Très romantique.

Bridget m'a rejointe dans le salon, où Xavier repliait le canapé. Quand j'ai montré le bout de papier à mon amie, elle a fait la grimace.

— Je pensais qu'on irait prendre le petit déjeuner quelque part... On n'a qu'à l'attendre, a-t-elle déclaré.

Peu après, Rose est entrée dans la pièce, vêtue d'une de ses tenues noires ultramoulantes. Elle paraissait contrariée qu'Ada soit sortie. Quant à Bridget et Xavier, ils ne s'adressaient pas la parole. Xavier a mis son manteau, déclarant qu'il voulait se balader de son côté. Avant qu'il parte, on s'est donné rendez-vous à deux heures dans le resto d'un quartier branché.

À onze heures, Hans et Ada n'étaient toujours pas revenus. Je n'en pouvais plus d'attendre – sans compter qu'on mourait de faim – et je commençais à m'inquiéter. Finalement, j'ai envoyé à Hans un message télépathique mais, au bout de dix minutes, il n'avait toujours pas répondu.

— Alors ? a fait Rose.

— Rien, ai-je annoncé sur un ton que je voulais calme.

— Il faudrait qu'il vive avec son temps et qu'il s'achète un portable ! a raillé Bridget.

J'ai envoyé un nouveau message à Hans, le pressant de me rassurer. Après quelques minutes, Ada m'a répondu : « Tout va bien. » Hans n'a même pas pris la peine de me répondre. De nouveau, je me sentais mise à l'écart, malgré le moment formidable que nous avions partagé cette nuit-là.

Comme il semblait évident qu'ils ne rentreraient pas de sitôt, Bridget et moi sommes parties faire les magasins et Rose s'est recouchée, prétextant qu'elle n'était pas du matin.

Une demi-heure et deux pâtisseries plus tard, on se tenait sur le perron de chez Diva, une boutique tendance et pas chère où j'étais déjà allée une fois.

J'ai suivi Bridget à l'intérieur. Du rap y passait à fond, des t-shirts de toutes les couleurs s'entassaient un peu partout, des pantalons rouges, bleus et roses étaient pendus ici et là.

Après avoir farfouillé dans les vêtements rétro, Bridget a trouvé une chemise noire aux boutons de nacre gris.

— Je devrais peut-être l'offrir à Xavier, a-t-elle murmuré, songeuse.

Contrairement au reste de la bande, elle recevait beaucoup d'argent de poche.

— Bridget, tu l'aimes, ou tu ne l'aimes pas ? ai-je demandé malgré moi.

Elle m'a lancé un regard étonné.

— Je te l'ai déjà dit : je l'adore.

— Alors pourquoi tu le traites comme un chien ?

Bridget a reposé la chemise et a commencé à empiler des fringues sur son bras.

— C'est lui qui devrait faire plus attention à moi ! T'as vu comme il flirtait avec cette fille en mini-short, hier soir ?

— Arrête un peu, Bridget ! C'est elle qui est venue le chercher, pendant que toi tu te la jouais avec ces types, au salon de thé ! Tu sais bien qu'il n'aime que toi !

— Ça va, Morgane. Les relations entre hommes et femmes sont toujours compliquées...

— Peut-être que c'est toi qui es compliquée...

— Je ne veux plus en parler, m'a-t-elle coupée. Tu me rejoins aux cabines d'essayage ?

Et elle s'est éloignée avec une tonne de vêtements sous le bras.

J'ai attrapé deux ou trois t-shirts et quelques débardeurs. Comme il y avait la queue aux cabines, j'ai appelé Bridget, qui m'a proposé de la rejoindre.

Quand je suis entrée dans sa cabine, elle portait un haut brillant et un pantalon taille basse noir : une vraie gravure de mode.

— Tu crois que ça plairait à Xavier ? m'a-t-elle demandé.

Je me suis laissée glisser jusqu'au sol en soupirant, avant de repartir à la charge.

— Écoute, Xavier t'aime, c'est clair. Et tu tiens manifestement à lui. Pourquoi tu ne peux pas simplement être heureuse avec lui ?

— Parce que, dans la vie, les choses ne se passent jamais comme ça, a-t-elle rétorqué en levant les yeux au ciel.

J'ai repensé à son histoire familiale, et je me suis dit que son appréhension devait venir de là. Ou bien elle connaissait vraiment des trucs que j'ignorais sur l'amour…

Vingt minutes plus tard, nous sommes sorties du magasin portant chacune un sac rose fluo. Bridget avait acheté le haut et le pantalon, une sacoche vert anis et un t-shirt noir pour Xavier. Moi, j'avais craqué pour un pull à encolure en V bleu cobalt et un débardeur lilas, ce qui avait épuisé mon budget.

— Et maintenant ? ai-je dit, requinquée par notre shopping thérapeutique.

— Il y a un magasin de chaussures absolument génial au coin de la rue, et un autre spécialisé dans les bijoux africains. Ah, je pensais aussi faire un tour dans une boutique d'aromathérapie, a-t-elle ajouté en souriant.

— Et si on commençait par là ? ai-je suggéré.

Nous avions à peine repris notre marche que mes sens de sorcière m'ont titillée.

— Bridget, ça t'embêterait qu'on prenne ce chemin ? lui ai-je demandé en pointant le doigt vers une rue adjacente.

— Pourquoi pas ?

J'ai suivi mon instinct et, peu après, nous nous sommes retrouvées dans une ruelle, au bout de laquelle se trouvait une échoppe. Au-dessus de la porte flottait un drapeau blanc carré orné d'une roue verte. Au centre de la roue, il y avait un pentagramme violet.

— La roue de l'année, a murmuré Bridget. Le symbole des huit sabbats – les jours de célébration de la Wicca.

Plus nous approchions, plus la magye devenait palpable. En arrivant devant la vitrine, nous avons souri. Il y était écrit : « *Les Offrandes du Mage*, spécialiste des livres sur la magye et les sciences occultes ». Et, en plus petit : « Entrez, chers amis. »

Quand j'ai poussé la porte, une clochette a retenti. La boutique était spacieuse mais sombre. Contrairement à *Magye Pratyque*, où l'on trouvait des accessoires magyques de toutes sortes, il n'y avait que des livres sur les rayonnages. Cependant, je voyais derrière la caisse des étagères supportant des rangées de flacons d'huiles essentielles. Le plafond était haut et une mezzanine faisait le tour de la pièce, laissant apparaître d'autres rangées de livres et quelques fauteuils fatigués.

Bridget est partie explorer l'endroit de son côté. Mes sens étaient toujours en alerte. « Y a-t-il ici quelque chose que je suis censée trouver ? » me suis-je demandé en levant les yeux vers la mezzanine. Alyce m'avait un jour recommandé un livre sur la divination qu'elle n'avait plus en stock ; je pourrais peut-être le dénicher ici.

Le panneau d'information de la boutique indiquait que les ouvrages sur la divination se trouvaient à l'étage. J'ai donc emprunté le petit escalier en fer avant de me diriger vers le bon rayon. Un type était assis dans un fauteuil, à côté d'une plante verte. Je me suis arrêtée net, surprise de reconnaître l'homme aux cheveux argentés que j'avais rencontré la veille dans la petite cour de la boîte de nuit.

Il lisait un livre et semblait aussi à l'aise que s'il se trouvait dans son propre salon. Il a levé la tête, a plongé ses yeux marron dans les miens et m'a saluée.

— Comme on se retrouve, a-t-il déclaré.

— Vous travaillez là ? ai-je balbutié.

— Non. J'enseigne le mythe et le folklore à l'université de Columbia. Je viens ici pour trouver des références, m'a-t-il expliqué avec une pointe d'accent, écossais ou peut-être irlandais. Tu n'étais jamais venue au club auparavant, je me trompe ?

— Non, c'est vrai.

Parfois, mon talent pour faire la conversation m'épate. Pourquoi étais-je si intimidée par cet homme ? Je me sentais attirée par lui, comme si je le connaissais déjà. Cela n'avait rien de sentimental, il aurait pu être mon père !

Il m'a observée avec intérêt.

— Et ça t'a plu ? a-t-il voulu savoir.

— C'était un peu trop intense pour moi, mais très chouette en même temps. Je n'avais jamais vu de sorciers utiliser leur magye juste pour le plaisir.

— Personnellement, c'est ce qui me plaît le plus dans notre magye : pouvoir créer de la beauté et donner du plaisir dans ce monde où la vie nous impose bien des épreuves.

Il a tracé un signe dans l'air vers la plante. Sous mes yeux, les feuilles se sont fanées avant de tomber sur le sol. Puis un arbuste a germé dans le pot. J'avais l'impression de voir un film en accéléré : en une minute, un lilas avait poussé près de la plante morte, et des bourgeons pâles se sont ouverts, emplissant la pièce d'un doux parfum.

Je n'avais jamais rien vu d'aussi beau. Mais cela dépassait toutes les lois de la nature : qu'allait-il arriver au lilas ? Il ne survivrait pas dans un pot. Et puis j'avais un peu de peine pour la plante qui était morte juste pour satisfaire les désirs d'un sorcier.

Je me suis demandé ce que Hans aurait pensé de tout cela. Il y aurait sans doute vu une utilisation irresponsable et ostentatoire de la magye. Tout comme le Conseil.

— Il n'y aura jamais assez de belles choses en ce monde, tu sais, a articulé l'homme comme s'il lisait dans mes pensées. Embellir le monde n'est jamais un acte inconséquent.

Je ne savais pas quoi répondre, je me trouvais soudain très jeune et ignorante. L'homme a dû sentir mon malaise, il a changé de sujet :

— Alors tu cherches un livre, non ?

— Oui, ai-je lancé, bien contente d'avoir un prétexte pour me trouver là. Un livre sur la divination, d'un certain Devin Dhualach.

— Quel prénom approprié ! Et Dhualach est un vieux patronyme irlandais hérité des druides. Si l'auteur fait honneur à ses ancêtres, son livre sur la divination doit être intéressant.

— Je vais voir si je le trouve, ai-je marmonné, soudain timide et nerveuse.

L'homme m'a souri avant de se replonger dans son livre.

L'ouvrage était en rayon. Je me suis assise par terre pour le feuilleter tranquillement. Les chapitres abordaient la divination par l'eau, le feu, les miroirs, les luegs, les pierres divinatoires et les cristaux. Il y avait même un chapitre macabre qui expliquait comment lire l'avenir avec des osselets – provenant de vertèbres de serpent, de préférence. Mais, à première vue, aucun chapitre n'évoquait les techniques pour contrôler les visions et les affiner jusqu'à ce qu'elles montrent ce que l'on veut savoir précisément.

— Tu ne trouves pas ce que tu cherches, a deviné l'homme assis.

J'hésitais, je devais faire preuve de vigilance. Pourtant, je n'avais pas l'impression qu'il se montrait indiscret. À coup sûr, il avait reconnu en moi une sorcière-née et avait senti l'étendue de mon pouvoir. Ce n'était pas la première fois : David l'avait deviné avant que j'en aie moi-même pleinement conscience le jour où il m'avait rencontrée.

L'homme m'a regardée d'un drôle d'air avant de dire :

— Toi, tu lis dans le feu.

C'était une affirmation, non une question. J'ai acquiescé, et ma nervosité s'est envolée. Nous étions des pairs, deux sorciers qui reconnaissaient en l'autre une source de pouvoir.

— Le feu me montre des choses, mais les images sont souvent aléatoires. Je ne sais pas comment guider mes visions vers ce que je veux savoir, ai-je reconnu.

— Le feu a une volonté propre. Il refuse de se laisser contrôler et ne cherche que son bon plaisir. Il faut une vie de travail pour l'apprivoiser. Je pourrais t'initier... sauf qu'une librairie n'est pas vraiment l'endroit indiqué, a-t-il ajouté en souriant.

— Bien sûr, ai-je soupiré, un peu déçue.

— Peut-être que je peux procéder autrement. Le principe reste le même.

D'une poche intérieure de sa veste, il a extrait un morceau de cristal clair en forme de croissant de lune, puis me l'a tendu. Sa surface était taillée et couverte de runes. Il était léger, comme s'il appartenait à une autre dimension.

— Lorsque tu interroges le feu ou un autre élément, tu dois être précise – j'imagine que tu le sais. Si tu veux voir ton chaton tel qu'il sera demain, indique bien « demain ». (Je me suis demandé comment il savait que j'avais un chaton. Remarquez, la plupart des sorciers ont un chat.) Dans ton esprit, figure-toi un animal ou une personne, et projette cette image dans la pierre en lui demandant de l'accepter, a-t-il expliqué d'une voix quasi hypnotique. Le truc, c'est de te servir de ton pouvoir pour sentir l'énergie du cristal – ou du feu – et envoyer sa lumière dans le futur en quête de ce que tu cherches.

— À vous entendre, c'est très simple.

— La plupart des choses le sont, une fois qu'elles nous sont familières. Tiens, tu peux t'entraîner avec ce cristal. Je dois récupérer des références pour mon cours au rez-de-chaussée. Tu n'as qu'à laisser la pierre sur le fauteuil en partant.

Tandis qu'il descendait l'escalier, je me suis dit que cela ne coûtait rien d'essayer avec quelque chose de simple. Depuis la nuit fatale où j'avais affronté Selene, je me faisais du souci pour Mary K. Pourtant, elle semblait ne se souvenir de rien ; elle pensait, comme mes parents, qu'elle était allée au cinéma toute seule pour noyer sa déprime – c'était l'explication officielle. Mais, ces derniers temps, elle faisait des cauchemars.

Serrant le cristal entre mes mains, je lui ai demandé de me donner la vision que j'attendais. J'ai imaginé ma sœur dans la cuisine, et j'ai pressé le cristal d'accepter cette image. J'ai failli laisser tomber la pierre lorsque Mary K. est apparue à l'intérieur en trois dimensions. Je l'ai observée un instant, puis j'ai ordonné à la pierre de me montrer ma sœur telle qu'elle serait la semaine suivante.

L'énergie d'une pierre ressemble à celle d'une personne ou d'un animal. Celle du cristal était fraîche et lumineuse, ondulant comme la marée montante. J'ai laissé ma propre énergie être bercée par la houle, puis je l'ai projetée dans le futur.

L'image n'était plus la même : Mary K. sortait maintenant du cinéma en compagnie de sa copine Julie. Tout était tellement net que j'apercevais l'enseigne, et même la lettre manquante : *Ciném de*

Widow's Val. Soudain, j'ai senti comme un souffle froid sur ma nuque. Je me suis retournée : personne.

Sentant la fatigue qui s'abattait souvent sur moi lorsque j'atteignais un niveau supérieur de magye, j'ai remercié le cristal pour son aide. J'avais réussi ! J'avais vu exactement ce que j'avais demandé !

Décidée à rejoindre Bridget, je me suis levée, avant de me laisser tomber dans le fauteuil : une vague d'épuisement venait de m'emporter. La tête lourde, les membres engourdis, j'ai sombré dans le sommeil.

Tout n'est qu'ombre. Le hibou plane au-dessus de la table en pierre. Serres acérées, yeux dorés. Le rire aigu du chacal résonne. Du venin s'écoule des crochets de la vipère. Le jaguar montre les crocs. Affamé. La belette sort ses griffes. Des bougies projettent des ombres inquiétantes sur les murs. Tous les regards sont fixés sur le louveteau. Ils attendent. La terreur du louveteau est presque tangible. Le rubis rouge fiché dans la garde de l'athamé émet une lueur de pouvoir. L'aigle crie. Le loup argenté entre. C'est lui que tous attendent. Il saute sur la table et ouvre une large gueule. Le louveteau glapit de peur.

— Tout va bien ?

Quelqu'un me secouait gentiment l'épaule. En ouvrant les yeux, j'ai vu que l'homme aux cheveux argentés me regardait d'un air inquiet.

— Qu'est-ce qui s'est passé ?

— Je... je crois que je me suis endormie, ai-je répondu, à la fois gênée et choquée. J'ai fait un cauchemar.

Je savais que je ne pouvais en dire plus. Et j'étais

inquiète d'avoir eu la même vision une nouvelle fois. J'ai regardé ma montre : il était plus de treize heures.

— Je ferais mieux de rejoindre mon amie, ai-je déclaré en me levant lentement. Merci pour votre aide.

— Tu cs sûre que ça ira ?

— Oui, merci.

J'allais partir lorsqu'il a posé doucement sa main sur mon épaule :

— Quel manque de savoir-vivre, j'ai oublié de te demander ton nom, a-t-il lancé.

— Morgane, ai-je répondu sans réfléchir.

— Eh bien, Morgane, puisse ta magye t'apporter joie et bonheur.

J'ai retrouvé Bridget en bas : elle avait acheté un jeu de tarot.

— J'ai failli envoyer une équipe de recherches, tu sais ! m'a-t-elle raillée. On doit retrouver les autres pour manger dans quarante-cinq minutes, dépêchons-nous.

Je suis passée à la caisse payer le livre sur la divination, puis nous sommes parties. En chemin, je me suis dit que j'avais peut-être eu tort de révéler mon nom à cet homme. Puis j'ai haussé les épaules, regrettant seulement de ne pas lui avoir demandé le sien.

6.

Le sort d'Alyce

14 août 1981

Maeve et moi, nous nous sommes promis l'un à l'autre. Après la tombée de la nuit, nous avons quitté le village et nous nous sommes dirigés vers les falaises. Elle et moi, nous partageons une certaine attirance pour le feu : il n'a pas été difficile d'allumer un brasier, symbole de notre amour.

Je lui ai même donné la montre que mon père avait offerte à ma mère. Dire que je n'avais jamais songé à la donner à Grania ! Et pour cause, je ne l'ai jamais aimée.

Nous n'avons pas encore uni nos corps. Je veux d'abord lui parler de Grania et des enfants, pour qu'aucun mensonge ne se dresse entre nous. Ce sera difficile, mais notre amour triomphera, je n'en doute guère.

— Neimhich

On a retrouvé Rose et Xavier dans une cafétéria bondée, coincée entre un magasin d'informatique et un fleuriste. L'odeur de friture m'a soudain rappelé que je mourais de faim.

Alors que nous étions à peine assises, une serveuse nous a apporté la carte.

— Aucun signe d'Ada ou de Hans, a annoncé Rose.

— Ils ne sont pas repassés par l'appartement ? me suis-je enquise, de nouveau inquiète.

— Non, mais je leur ai laissé un message sur le répondeur du père de Bridget leur disant de ramener leurs fesses ici…

— Super. Imagine qu'un client de mon père appelle… a soupiré Bridget, à la fois agacée et amusée.

Nous avons commandé des sandwichs et des sodas. J'avais presque fini quand j'ai senti Ada et Hans approcher. L'instant d'après, ils franchissaient la porte d'entrée.

Hans portait sa veste en cuir et une écharpe vert bouteille. Ses joues avaient rosi.

— Désolé pour le retard, s'est-il excusé.

— Vous avez fini par rappliquer, on va pas se plaindre ! a persiflé Rose.

— Tu veux la fin de mon sandwich ? ai-je proposé à Hans, pensant qu'il devait avoir faim.

— Non, merci, a-t-il répondu en s'accroupissant près de moi. Morgane, je dois te parler de quelque chose. En privé. Sortons un instant…

— Je te suis, ai-je acquiescé, contente d'avoir l'occasion de lui parler de mon rêve.

Sans nous consulter, nous nous sommes dirigés d'un même pas vers Central Park. À cause du froid mordant, nous étions presque seuls. Nous nous sommes installés sur un muret, en face du mémorial dédié à John Lennon.

— Mes parents avaient tous les albums des Beatles, s'est souvenu Hans. Ma mère les passait en boucle le dimanche matin. Ça fait des lustres que je n'y ai pas pensé…

— Au moins, maintenant, tu sais que tes parents sont vivants.

Depuis le jour où nous avions vu le père de Hans dans sa lueg, nous n'avions pas osé le recontacter de peur de guider la vague noire vers lui.

— Ils étaient vivants il y a trois semaines. Du moins, mon père l'était. Depuis, il a pu leur arriver n'importe quoi. C'est ça qui me désespère : l'ignorance.

Sentant sa peine, je l'ai enlacé pour le réconforter. D'habitude, il dissimulait sa souffrance mais, de temps à autre, elle faisait surface. Dans ces moments-là, je me rappelais qu'il ne serait jamais en paix avec lui-même tant qu'il ne serait pas fixé sur le sort de ses parents.

Alors que je le serrais contre moi, j'ai senti une petite lueur blanche dans ma poitrine. L'un des sorts d'Alyce s'offrait à moi.

— Je peux essayer quelque chose ? ai-je demandé à Hans.

Comme il a hoché la tête, j'ai entrouvert sa veste en cuir avant d'enlever mes gants et de glisser mes mains gelées contre sa peau douce et chaude. Il a sursauté, avant d'accepter la lumière blanche qui venait de moi.

— Cœur qui aime doit souffrir un jour, ai-je récité. L'amour et la peine sont les cadeaux indissociables de la Déesse. Accepte la douleur, qu'elle ouvre ton cœur à la compassion. Laisse-moi t'aider à supporter ton chagrin…

Je me suis arrêtée. Je savais maintenant ce que je ressentirais si on m'enlevait mes parents et Mary K. C'était insoutenable, inimaginable. Je n'ai pu réprimer une plainte, mais je n'ai pas brisé le contact pour autant : ma lumière blanche apaisante se déversait toujours en lui.

— Tu en as assez fait, Morgane, a murmuré Hans.

— Non. Je dois terminer le sort : ton cœur pourra alors retrouver la paix et accepter un amour plus fort encore. Que le courant d'amour qui baigne l'univers t'emporte et te réconforte à jamais.

Peu à peu, la lumière blanche s'est dissipée, tout comme la douleur de Hans. Son regard était différent, moins sombre. J'avais dénoué des liens douloureux.

— Merci, Morgane, a-t-il murmuré en m'embrassant le front et en me serrant contre lui.

— Remercie plutôt Alyce, ai-je répondu en tremblant. Je ne m'étais pas rendu compte à quel point tu souffrais. Je suis désolée.

— Tu ne veux pas savoir ce qu'on fait là à se les geler ?

— Ah, c'est vrai…

— Tout d'abord, excuse-moi de ne pas avoir répondu à tes messages. Nous avons mis du temps à trouver notre contact, et quand nous l'avons enfin coincé, il était terrifié. Si je t'avais répondu, il l'aurait remarqué et aurait peut-être pensé que je le trahissais.

— Ce n'est rien. Il vous a donné des infos utiles ?

— Oui. J'ai découvert qui était le chef de la branche new-yorkaise d'Amyranth. Apparemment, les membres de ce cercle portent tous des masques d'animaux : ils peuvent puiser dans les pouvoirs de ces animaux si besoin. Leur chef porte un masque de loup. Mon contact ne les connaissait pas tous, mais il m'a confirmé qu'il y avait un hibou, une vipère, un jaguar…

— Alors mon rêve…

— … concernait cette branche d'Amyranth, a fini Hans.

— Hans, j'ai refait ce cauchemar, lui ai-je appris en tremblant. Il y a une heure environ.

— Par la Déesse ! Pourquoi tu ne m'as pas appelé ? Ah ! Évidemment, je ne répondais pas à tes messages. Excuse-moi.

— Pas grave. Cette fois-ci, j'ai eu moins peur. Mais je ne comprends pas pourquoi ce rêve est revenu.

— Peut-être parce que nous sommes à New York. Ou peut-être parce que… (Il s'est interrompu, gêné, puis il m'a pris la main avant de poursuivre.) Je dois te dire une chose que j'ai apprise aujourd'hui. Cela va te rappeler de mauvais souvenirs.

J'ai senti une sueur froide dans mon dos. Je redoutais ce qu'il allait me raconter. Pourtant je me suis forcée à sourire.

— Je t'écoute.

— Ce chef au masque de loup, il s'appelle Ciaran.

— Ciaran ? ai-je répété, le cœur au bord des lèvres. Ce... ce ne peut pas être le même homme. C'est vrai, quoi, il ne doit pas y avoir qu'un seul Ciaran au monde.

— Certainement. Mais ce Ciaran-là est un Woodbane très puissant, qui a une quarantaine d'années et qui vient du nord de l'Écosse. Je suis désolé, Morgane, mais il n'y a aucun doute : c'est lui qui a tué Maeve et Angus.

Je ne m'étais jamais demandé ce qu'était devenu Ciaran après avoir assassiné mes parents. J'imaginais qu'il était retourné en Écosse, alors qu'il était là, tout près, à New York !

Hans m'observait tandis que je digérais cette information : Ciaran était à ma portée.

« À ma portée ? Qu'est-ce que je m'imaginais ? me suis-je réprimandée intérieurement. Seul contre Maeve et Angus, il n'avait eu aucun mal à les soumettre. Si je le rencontrais, il m'écraserait comme une fourmi. »

— Nous avons également découvert que Ciaran a trois enfants, a poursuivi Hans. Deux d'entre eux, Kyle et Iona, sont restés en Écosse. Le plus jeune est ici, à New York. Tu ne vas pas en croire tes oreilles... C'est Killian.

— Killian ? Le sorcier d'hier soir ? Quelle coïncidence !

— Les coïncidences n'existent pas, Morgane, m'a-t-il rappelé.

— Cela signifie que c'est lui, le louveteau sacrifié de mon rêve ?

— On dirait bien.

— Par la Déesse ! D'abord il tue mon père et ma mère, et maintenant, il s'en prend à son propre fils ?

— Il y a longtemps que Ciaran s'est voué aux ténèbres. S'il peut assassiner l'amour de sa vie, supprimer son fils ne lui posera aucun problème.

— Et tu as découvert où il vit ? À quoi il ressemble ?

— Malheureusement, non.

Il est descendu du muret et m'a tendu la main pour que je le suive.

— Je dois retrouver Killian et tenter de découvrir pourquoi Amyranth veut s'emparer de ses pouvoirs. De plus, il possède peut-être des informations importantes sur ce cercle. Si je m'y prends bien, il pourrait devenir un allié de poids pour le Conseil.

— Je t'aiderai, ai-je déclaré.

Hans m'a attrapée par les épaules, les sourcils froncés.

— Morgane, tu es folle ou quoi ? C'est impossible ! Je n'ai aucune envie que Ciaran apprenne ton existence. Si seulement tu étais restée à Widow's Vale. En fait, je devrais t'emmener tout de suite à la gare des bus…

Soudain, nous étions revenus à nos prises de tête habituelles.

— Lâche-moi ! Tu n'as pas à me donner d'ordres, ai-je braillé. Je rentrerai à Widow's Vale dans ma propre voiture, et quand je l'aurai décidé !

— Alors tu dois me promettre de faire profil bas, a-t-il marmonné, visiblement contrarié. Pas de magye, sauf en cas d'urgence.

— OK, ai-je soupiré, consciente qu'il avait raison.

— Merci. Bon, je dois y aller. Sois prudente. Je te retrouve ce soir.

Je me suis dépêchée de retourner à la cafétéria.

L'ambiance était tendue. Bridget et Ada voulaient visiter le musée d'Art moderne, tandis que Rose préférait aller au cinéma. Quant à Xavier, s'il ne disait rien, je voyais à son expression qu'il n'était pas au mieux de sa forme : Bridget ne l'avait même pas invité à l'accompagner au musée. Elle n'était jamais particulièrement sympa avec ses petits copains, mais là je trouvais qu'elle dépassait les bornes.

Je suis partie de mon côté, pensant que c'était le moment ou jamais de chercher l'appartement de mes parents. J'appréciais cette balade en solitaire dans la ville. Le soleil perçait derrière les nuages et baignait la rue d'une lumière joyeuse. Au bout de quelques minutes, je me suis rendu compte que Xavier me suivait.

— Je ne t'avais pas vu ! me suis-je exclamée. Qu'est-ce que tu as prévu ?

— Je pensais t'accompagner, a-t-il répondu en haussant les épaules. Si ça ne t'embête pas.

Il avait l'air si malheureux que je n'ai pas pu refuser. De plus, Xavier était avec moi lorsque j'avais découvert les instruments de Maeve.

— Euh, je ne vais rien faire d'extraordinaire, tu sais. D'ailleurs, je ne voulais pas que les autres le sachent...

— De quoi tu parles ?

— En fait, Maeve et Angus vivaient à Manhattan avant de déménager. Je veux retrouver leur appart'.

— OK. Je ne vois pas ce qu'il y a de secret, mais je n'en parlerai pas, promis.

Nous avons continué en silence. Finalement, j'ai brisé la glace :

— J'admire ton self-control. Si j'étais toi, j'aurais envoyé bouler Bridget depuis longtemps.

— Tu l'as déjà fait une fois, pas vrai ? m'a-t-il rappelé en souriant.

Le souvenir de cette horrible dispute entre elle et moi m'a assaillie. Tout ça pour Nicolas.

— Oui. Et je me suis sentie super mal après.

— J'imagine.

J'ai essayé d'amener ma question le plus subtilement possible :

— Est-ce que... ça s'est bien passé hier soir ?

— Oui. Enfin, Rose ronflait juste à côté, mais c'était chouette. On est restés dans les bras l'un de l'autre, à se câliner.

— Alors qu'est-ce qui s'est passé ce matin ?

— Aucune idée. Quand je lui ai dit bonjour dans la cuisine, elle ne m'a pas calculé. Et pareil pour le reste de la journée. Je ne sais pas ce que j'ai fait de travers.

Pendant que nous attendions le bus, je me suis demandé ce que je pouvais lui expliquer sans trahir la confiance de mon amie. Au bout de dix minutes, le bus est arrivé et nous avons réussi à nous asseoir côte à côte. « Enfin un peu de chauffage », ai-je pensé en enlevant mes gants et mon écharpe.

— Cherche pas, ai-je tenté de le rassurer. Le problème, c'est que tu fais peut-être trop bien les choses.

— Hein ?

— C'est Bridget. Quand tout va pour le mieux, elle flippe et s'empresse de compliquer les choses.

— Ça ne tient pas debout !

— J'ai jamais dit qu'elle était cohérente !

Nous sommes descendus à l'arrêt suivant, au coin de la 49e rue. Il nous faudrait plusieurs minutes pour atteindre le n° 788. Au début, le quartier semblait agréable, avec ses nombreux restaurants et boutiques. Puis, peu à peu, les cinémas et les galeries d'art ont laissé place à de vieux immeubles décrépits envahis d'ordures et taggés dans tous les sens. Nous étions entrés sur le territoire des gangs. Nous avancions avec prudence, aux aguets.

— C'est là, a soupiré Xavier en s'arrêtant devant un bâtiment sale. Et maintenant ?

Mes sens déployés ne me transmettaient aucun signe de ma mère biologique. Cela ne signifiait pas pour autant que je ne trouverais rien dans l'immeuble. Si seulement je pouvais pénétrer dans l'appartement, j'en aurais le cœur net. J'ai eu une idée en voyant le panneau « Appartements à louer, Agence Powell » placardé sur l'une des fenêtres du rez-de-chaussée.

— Tu me prêtes ton téléphone ? ai-je demandé à Xavier.

Puisque je ne pouvais pas me servir de ma magye,

j'allais me débrouiller autrement. J'ai composé le numéro de l'agence indiqué sur le panneau. À ma grande surprise, la femme qui a décroché m'a appris que l'appartement n° 3 était libre. J'étais tellement excitée que ma voix tremblait alors que je prenais rendez-vous pour le visiter le lendemain. « C'est un signe du destin », ai-je songé.

— Je ne voudrais pas briser ton bel enthousiasme, mais tu as l'air d'avoir juste ton âge ! a raillé Xavier. Quand elle te verra, elle ne voudra jamais te laisser visiter...

— T'inquiète, l'ai-je coupé. Je trouverai bien quelque chose.

7.

La montre

20 août 1981

Ce matin, à l'aube, j'ai emmené Maeve faire une longue promenade le long des falaises. Nous baignions encore dans l'euphorie que nous avait apportée la nuit précédente. Mais je me devais de lui dire la vérité. Je savais qu'elle serait déçue, voire blessée, mais je ne doutais pas qu'elle finirait par me pardonner. Après tout, nous sommes des mùirn beatha dàns.

Elle me racontait qu'elle voulait voyager, découvrir le monde avant de s'installer. Je l'ai écoutée patiemment, avant de trouver le courage de lui avouer, aussi gentiment que possible, que je ne pouvais pas encore l'accompagner dans ses voyages parce que j'étais marié, et père de deux enfants.

Au début, elle m'a observé sans comprendre. J'ai dû lui saisir les mains et répéter mes paroles. Alors la stupeur a laissé place à son incrédulité. Elle m'a supplié de lui dire que ce n'était pas vrai. Mais je ne pouvais pas. Non, je ne pouvais pas lui mentir.

J'ai voulu la serrer dans mes bras pour sécher ses larmes avec mes baisers. Elle s'est dérobée et a reculé d'un pas. Je lui ai juré que je quitterais ma famille pour elle dès que je le pourrais.

Elle m'a interrompu, des flammes dans le regard : « Je refuse que tu quittes ta femme et tes enfants ! D'abord tu me trahis avec tes mensonges, et maintenant tu veux briser une famille ? » Puis elle m'a ordonné de partir.

Je ne pouvais croire qu'elle était sérieuse. Cependant, malgré tous mes efforts, je n'ai pas réussi à la convaincre.

Mon âme est en miettes. Demain, je retourne en Écosse.

— Neimhich

Xavier est parti de son côté et je suis retournée à l'appartement. J'ai fait les cent pas, repensant à Ciaran, si proche, et à la visite du lendemain : la montre y serait-elle encore ? J'ai essayé de lire dans le feu pour le découvrir, mais j'étais trop nerveuse ; je ne suis arrivée à rien. Finalement, je me suis installée dans le canapé pour bouquiner mon nouveau livre sur la divination.

La nuit tombait quand j'ai senti Hans arriver. Quelle chance ! On allait enfin se retrouver seuls dans l'appartement ! Je me suis ruée vers la salle de bains pour me brosser les dents et me recoiffer un peu.

Mais dès qu'il est entré, j'ai senti que l'heure n'était pas à la romance. Il a enlevé son écharpe et sa veste en me regardant à peine, puis il s'est posté à la fenêtre, l'air morose.

Je l'ai rejoint pour le prendre dans mes bras.

— Arrête, m'a-t-il interrompue gentiment. Je ne suis pas d'humeur.

— Qu'est-ce qui s'est passé? ai-je demandé, un peu inquiète.

— Rien, justement. Je n'ai pas retrouvé Killian. Soit il a entendu dire qu'un Traqueur le cherchait, soit Amyranth s'est déjà emparé de lui. Il n'est pas chez lui, ses amis ne savent pas où il est, il ne répond pas à mes messages télépathiques. J'ai même utilisé ma lueg en pleine rue – c'est dire si j'étais désespéré –, en vain, a-t-il soupiré avant de s'affaler dans le canapé.

— Tu veux que j'essaie de lancer un sort de divination? Comme je lis dans le feu, j'aurai peut-être plus de chance.

Il a haussé les épaules avant d'attraper une large bougie ivoire posée sur la table basse – une de celles que Bridget avait achetées la veille.

— Fais comme chez toi, m'a-t-il encouragée.

Je me suis assise par terre, en tailleur. J'ai tenté de me concentrer sur ma respiration, mais mon esprit ne s'est pas laissé apaiser: trop de questions me tourmentaient.

— Alors? a lancé Hans.

— Attends, je dois recommencer.

Cette fois-ci, j'ai réussi à faire le vide et à me détendre. Je me demandais si j'allais pouvoir contrôler la vision comme plus tôt, dans le cristal. J'ai d'abord allumé la bougie avec ma seule volonté, puis j'ai plongé mon regard dans la flamme, faisant abstraction de mon environnement.

Killian. J'ai invoqué son image, tel qu'il était à la discothèque, avec ses cheveux longs et sa joie de vivre.

Gardant cette vision en tête, j'ai demandé au feu de me montrer Killian à cet instant même. La flamme a accepté ma présence, et j'ai projeté mon énergie en elle, prenant garde de ne pas m'y brûler.

La flamme a soudain grandi, et son cœur bleuté est devenu un miroir. J'y ai vu Killian de profil. Il était seul dans une pièce sombre et délabrée, près d'une fenêtre. Une lumière orangée inondait son visage. Par la fenêtre, je voyais une espèce de tour grise en pierre, en partie dissimulée par des branches d'arbres dénudées. Killian semblait effrayé.

Voulant en savoir plus sur l'endroit où il se trouvait, j'ai envoyé une nouvelle vague d'énergie dans la flamme. Elle a crépité, et Killian a tourné la tête vers moi, me regardant droit dans les yeux. Soudain, la connexion s'est interrompue. J'ai repoussé l'énervement qui menaçait de s'emparer de moi, afin de me concentrer à nouveau sur la flamme.

Mais la vision était bel et bien partie. La flamme s'est éteinte, comme si quelqu'un avait soufflé dessus. Petit à petit, j'ai repris conscience des meubles autour de moi, de la présence de Hans.

Il me dévisageait.

— Je l'ai vu, a-t-il déclaré. Alors que je n'avais pas joint mes pouvoirs aux tiens. Je n'avais encore jamais réussi à voir la vision de quelqu'un d'autre.

— C'est grave ?

— Non. Tu es incroyablement puissante, c'est tout, a-t-il expliqué avant de s'asseoir près de moi et de m'enlacer. Tu es une médium. (Il a déposé un baiser sur mes yeux.) Et je suis ébloui. Presque intimidé.

— Comment ça, presque ? l'ai-je raillé, trop contente de moi.

— Il en faut beaucoup pour m'impressionner, tu sais, a-t-il rétorqué en souriant.

— J'ai remarqué.

— Et Killian est pareil, a-t-il continué, de nouveau sérieux. Au moins, nous savons qu'il est en vie. Mais il avait l'air terrorisé. Tu as une idée de l'endroit où il est ?

— Pas la moindre.

— Réfléchissons. Tu as vu le clocher par la fenêtre de la pièce ? On peut commencer par là. Comme une lumière orangée éclairait Killian, je suis presque sûr que cette église se trouve à l'ouest. Et assez loin à l'ouest puisque le coucher de soleil n'était pas masqué par les gratte-ciel.

— Alors là, tu m'épates. Mais il va te falloir des jours et des jours avant de retrouver ce bâtiment…

— Pour le moment, j'ai un dernier contact à interroger ce soir. Je ne sais pas à quelle heure je rentrerai.

— Tu veux dire que ce n'est pas la peine que je t'attende ? Il n'est que six heures…

— Je sais, a-t-il répondu, les yeux pleins de regrets. Je ferai aussi vite que possible.

Peu après le départ de Hans, Xavier m'a rejointe à l'appartement. Il avait passé le reste de l'après-midi à jouer aux échecs dans un parc.

— Je me suis fait battre par un papy de soixante-dix ans, m'a-t-il raconté en souriant. Une vraie raclée.

Les filles sont rentrées un peu plus tard (Rose avait dû retrouver les deux autres dans l'après-midi). Bridget était irritable, mais Ada et Rose semblaient de nouveau en bons termes. On a commandé des plats chinois, qu'on a dévorés en regardant un film d'action à la télé.

J'ignore l'heure à laquelle Hans est rentré, je dormais déjà.

Le samedi matin, j'ai retrouvé Hans dans la cuisine. Lorsqu'il m'a demandé ce que je comptais faire pendant que lui irait à la chasse au clocher, je lui ai répondu que j'allais visiter la ville avec Xavier. Ce qui n'était qu'un demi-mensonge. Il m'a lancé un regard interrogateur mais n'a rien ajouté. Nous avons convenu de nous retrouver le soir pour notre cercle hebdomadaire.

— On a l'air d'un jeune couple modèle, a déclaré Xavier lorsque nous nous sommes engagés dans la 49e rue. Avec la bague, c'est parfait !

Je venais d'acheter une fausse bague de fiançailles : dorée, avec un diamant en toc. Lorsque nous sommes arrivés devant l'immeuble, le bâtiment m'a semblé plus minable encore que la veille. L'idée que ma mère avait vécu là me déprimait.

— Alors, madame Rowlands, tu es prête pour ta première visite immobilière ? m'a demandé Xavier en souriant.

— Je te rappelle que ma mère est agent immobilier ! J'en connais sûrement plus sur la question que la dame qui va nous faire visiter.

Néanmoins, mon cœur battait à tout rompre quand j'ai appuyé sur le bouton de l'interphone. J'allais voir l'appartement de mes vrais parents ! « À quoi ressemble-t-il ? Est-ce que je retrouverai la montre ? » me suis-je demandé

— Qui est-ce ? a interrogé une voix féminine.

— Morgane et Xavier Rowlands. Nous avons rendez-vous à midi pour une visite.

Une minute plus tard, la porte d'entrée s'est ouverte, révélant une femme petite d'environ soixante-dix ans. Elle nous a jeté un regard méfiant, avant de déclarer en soupirant :

— Je suis la concierge, c'est moi qui fais les visites. Entrez.

La cage d'escalier et le couloir empestaient l'urine. La peinture s'écaillait sur les murs. J'espérais que, du temps de Maeve, le cadre était plus soigné. Je comprenais pourquoi ma mère, qui adorait la campagne et la nature, avait été si malheureuse ici.

— Le loyer est de six cent soixante-quinze dollars par mois, a articulé la femme en ouvrant la porte n° 2.

— En fait, nous sommes venus pour visiter l'appartement n° 3, ai-je protesté. Hier, on m'a dit qu'il était libre.

— Eh bien, c'est une erreur. Il est déjà occupé. Celui-là est le seul disponible. Vous voulez le voir, oui ou non ?

Xavier et moi avons échangé un regard. « Quelle déception, ai-je pensé. Tout ça pour rien ! »

— Oui, bien sûr, a répondu Xavier, qui voulait sûrement nous éviter des ennuis.

Nous l'avons suivie à l'intérieur : c'était tout petit, et en mauvais état. Pire, il y avait des cafards dans l'évier de la cuisine ! Je me demandais comment on allait sortir de cette galère quand j'ai senti que la petite chambre à coucher m'appelait. Et particulièrement le plafond taché. La femme a suivi mon regard :

— Il y a eu une fuite d'eau, mais c'est réparé, a-t-elle expliqué.

Ce n'est pas ce qui avait attiré mon attention : l'un des panneaux composant le plafond était légèrement de travers, et les ondes magyques que j'avais perçues venaient de là. « La montre ? ai-je songé. Serait-il possible qu'après toutes ces années… »

— Je vous dis qu'on l'a réparé, a répété la femme.

J'ai ravalé une remarque désobligeante. Je devais à tout prix agir seule dans cette pièce. Comment me débarrasser d'elle ? Par un haussement de sourcils et un signe de tête vers le salon, j'ai fait comprendre à Xavier qu'il devait attirer la concierge dans l'autre pièce.

— Est-ce qu'on pourrait revoir le salon ? lui a-t-il demandé en l'entraînant à côté.

Une fois seule, j'ai fermé la porte à clef. J'ai dû grimper sur le rebord de la fenêtre pour atteindre le plafond. Heureusement qu'il était bas ! Debout en équilibre, j'ai levé les bras et j'ai poussé le panneau du bout des doigts. Il a bougé d'un millimètre, et les ondes magyques se sont intensifiées. Je me suis étirée au maximum pour pousser plus fort et, avec un grognement, j'ai réussi à le soulever. Mais mon effort m'a fait basculer, et je suis tombée sur le sol avec un grand « boum ».

Malgré mes fesses endolories, je suis remontée sur le rebord. C'est alors que j'ai entendu la concierge revenir d'un pas lourd.

— Hé, qu'est-ce qui se passe là-dedans ? a-t-elle braillé en tambourinant contre la porte. Vous allez bien ? Ouvrez tout de suite !

— Je suis sûr que ce n'est rien, a rétorqué Xavier.

— Alors, qu'elle sorte de là !

« Ignore-la ! » me suis-je ordonné, le cœur battant. J'ai glissé mes doigts dans l'ouverture : il n'y avait qu'une poutre en bois. En tâtonnant, ma main a rencontré un objet rond enveloppé d'un tissu doux.

— Sortez de là ou j'appelle la police ! a hurlé la vieille femme.

Je n'ai pas hésité une seconde. C'était une urgence. S'il l'apprenait, Hans comprendrait.

« Vous oublierez tout, ai-je murmuré. Vous ne nous avez jamais vus. »

Il n'en a pas fallu plus. L'instant d'après, elle avait cessé de crier et parlait à Xavier de l'appartement comme si de rien n'était : « Où en étais-je ? Ah, oui, vous vouliez revoir le salon. »

J'ai replacé le panneau avant de descendre du rebord, serrant la montre dans le creux de ma main. L'appartement n° 3 devait se trouver juste au-dessus, et Maeve avait caché la montre sous son plancher. En dépliant le morceau de soie verte, j'ai senti qu'un sort de protection l'entourait. La montre était en or, gravée de motifs celtiques. Le cadran était blanc, les aiguilles dorées. Un rubis ornait le remontoir. Mes yeux, fixés sur ma découverte, se sont emplis de larmes. Cette montre représentait tant de choses pour moi, à la fois merveilleuses et horribles.

Mais ce n'était pas le moment d'y penser. J'ai glissé le petit paquet dans ma poche avant de rejoindre Xavier.

— Tu ne croiras jamais ce que j'ai trouvé là-dedans ! ai-je lancé à Xavier en sortant de l'immeuble. Regarde !

Au lieu de m'attendre, il a accéléré le pas.

— Range ça, Morgane. Je ne veux pas voir.

— Hein ? ai-je fait, étonnée par son air contrarié. Qu'est-ce qui te prend ?

— Tu peux m'expliquer ce que tu lui as fait ? Cette vieille femme menaçait d'appeler la police, et l'instant d'après, elle ne se souvenait plus de rien !

— Je lui ai jeté un petit sort. Pour qu'elle oublie.

— Tu as fait quoi ?

— Ne t'inquiète pas. Ce n'est que temporaire. Il a déjà cessé d'agir.

— Qu'est-ce que tu en sais ? Si ça se trouve, ton sort lui a chamboulé le cerveau ! Pire, elle va se croire complètement gaga en se souvenant soudain de nous deux ! Les vieux sont sensibles à ce genre de truc !

— Tout ira bien, Xavier. Je le sais parce que c'est mon sort, ai-je répondu d'une voix calme. Pourquoi tu flippes comme ça ?

— Tu comprends vraiment rien ! a-t-il braillé. Tu fais mumuse avec l'esprit des gens ! Tu abuses de tes pouvoirs, Morgane. Comment je peux être sûr que tu ne te comporteras pas de la même façon avec moi ?

Ses paroles m'ont fait l'effet d'une gifle. Quand j'ai répondu, ma voix m'a semblé aiguë et mal assurée.

— Enfin, Xavier, je t'ai promis que je ne le ferais jamais. Allez, on est amis depuis des années, tu sais que je ne suis pas comme ça. C'était un cas d'urgence.

Il m'a toisée comme si j'étais une inconnue, une inconnue qui l'effrayait.

— La Morgane que je connais ne s'amuserait pas aux dépens d'une vieille femme. Tu l'as manipulée comme une marionnette. Et tu m'as forcé à être ton complice. Je me sens vraiment mal.

— Xavier, je suis désolée. Je n'avais pas le droit de te mêler à ça. Mais cette montre appartenait à Maeve. Il fallait que je la récupère, tu comprends ? C'est mon héritage.

— Comme tes pouvoirs ? a-t-il demandé, la voix tremblante.

— Exactement. Comme mes pouvoirs.

— Et parce que c'est ton héritage, ça te donne le droit de faire n'importe quoi ?

— Je n'ai pas dit ça !

— Tu ne l'as pas dit, tu l'as fait ! Et je commence à croire que tes pouvoirs ne sont peut-être pas si géniaux que ça...

— Xavier, non, ce n'est pas vrai, je...

— Laisse tomber. Je vais voir si je peux jouer une autre partie d'échecs. Quitte à me faire dominer par quelqu'un, autant que je comprenne les règles du jeu.

Il m'a plantée là et je suis restée interdite, la montre de Maeve dans la main et l'estomac noué.

tout allait s'arranger. Il devait comprendre que j'étais toujours la même, la Morgane qu'il connaissait et en qui il avait confiance.

« C'est faux, a murmuré une petite voix dans ma tête. Tu es une sorcière-née, et seul un de tes semblables peut te comprendre. »

Une fois encore, je me suis demandé pourquoi j'avais voulu récupérer la montre. Était-ce parce que Maeve y tenait tant ? Ou étais-je fascinée par le fait que c'était Ciaran, son mùirn beatha dàn, l'homme qui avait fini par la tuer, qui la lui avait donnée ?

Soudain, mes sens de sorcière m'ont avertie que Hans approchait. J'ai respiré à fond pour calmer mon cœur tourmenté. Je n'étais pas prête à évoquer toute cette histoire avec lui ; j'étais certaine qu'il se rallierait à Xavier et qu'il serait horrifié d'apprendre que je détenais un objet ayant appartenu à Ciaran.

J'ai rangé la montre avant d'aller ouvrir la porte.

— Alors, comment s'est passée ta journée ? ai-je interrogé.

— Plutôt mal, a-t-il soupiré en me prenant dans ses bras. Et toi ?

— Plutôt bien. Tu n'as pas trouvé l'immeuble ?

— Non, pas encore. Mais je vais continuer à chercher. Je voulais juste te prévenir que je ne serai pas là ce soir pour le cercle. Les autres sont rentrés ?

— Non. Nous sommes seuls.

— Que la Déesse en soit louée, a-t-il murmuré en me serrant fort, tandis que nos énergies s'alignaient l'une sur l'autre.

— Mmmm. Ça me manquait. Je crois que j'en ai assez de la vie en communauté.

Il a ri puis s'est débarrassé de sa veste. Nous sommes passés dans la cuisine pour nous servir à boire.

— Je suis dans une impasse, Morgane. Killian reste introuvable. Dis-moi que je ne l'ai pas imaginé...

— Si ce sorcier arrogant n'existe pas, alors nous avons été victimes d'une hallucination collective.

— Comment ça « arrogant » ? Tu ne le trouvais pas... attirant ? m'a-t-il demandé avec un demi-sourire.

— Non, ai-je répondu en toute honnêteté. Il m'a fait une bonne impression ; il est drôle. Par contre, il m'a semblé un peu trop égocentrique.

— Franchement, ce type me sort par les yeux, a-t-il avoué. Mais pas au point de le laisser tomber entre les mains d'Amyranth.

Son air préoccupé m'a inquiétée.

— Tu penses qu'ils l'ont déjà trouvé ?

Il n'a pas répondu, mais a pincé les lèvres.

— Tu sais, on pourrait repousser le cercle à demain soir et tous nous y mettre pour le localiser, ai-je suggéré.

— C'est hors de question, m'a-t-il coupée d'un ton doux mais ferme. D'autant plus que nous savons que Ciaran y est mêlé. Tu dois rester en dehors de ça.

— Tu crois qu'il sait que j'existe ? Qu'Angus et Maeve ont eu une fille ? l'ai-je interrogé, sentant la panique m'envahir.

— Par la Déesse, j'espère bien que non... Viens.

Avant que je reparte, j'aimerais qu'on passe un peu de temps ensemble.

Hans m'a prise par les poignets pour m'entraîner vers la chambre d'amis, où nous nous sommes étendus sur le lit. Allongée contre lui, j'aurais voulu l'agripper, le serrer de toutes mes forces pour oublier le désespoir et la peur qui m'habitaient. Je voulais ne plus jamais le lâcher.

« Un jour, me suis-je dit, quand tout ça sera fini, nous ne nous quitterons plus. »

Ce soir-là, à la demande de Hans, j'ai informé les autres de la situation de Killian. Comme Ada était la seule initiée, c'est elle qui devait diriger le cercle.

— Canalisons notre énergie et envoyons-la à Hans pour l'aider à balayer les obstacles qui se dresseront sur sa route, a-t-elle suggéré, avant de commencer le rituel. Nous venons ensemble honorer la Déesse et le Dieu. Nous leur demandons aide et conseil. Faites que notre magye soit pure et forte, faites que nous l'utilisions à bon escient.

Nous nous sommes donné la main, chacun restant concentré sur sa respiration. Xavier se tenait à ma droite, Bridget à ma gauche. En déployant mes sens, j'ai perçu la présence familière des autres, et même les battements de leur cœur. Tous m'étaient chers, y compris Rose. Le cercle nous unissait comme des alliés face aux ténèbres. Doucement, nous avons commencé à tourner dans le sens des aiguilles d'une montre. La puissance montait en moi à mesure que j'absorbais l'énergie venue du ciel et de la terre.

Ada nous a demandé de visualiser la rune Thorn, qui symbolise l'adversité. Puis, tournant de plus en plus vite, nous avons répété une incantation pour lever les obstacles. Je sentais l'énergie vibrer autour de nous, passant de l'un à l'autre, gagnant en puissance. Le pâle visage d'Ada était illuminé par la pureté de son pouvoir. Elle a tracé un sceau dans l'air puis l'énergie s'est élevée au-dessus du cercle.

— Pour Hans, a-t-elle annoncé.

Soudain, l'atmosphère a changé. Le puissant courant d'énergie était parti.

— Bravo, a conclu Ada, satisfaite. Bien, tout le monde s'assoit et libère son énergie dans le sol.

— J'ai vraiment senti quelque chose, a déclaré Xavier en s'accroupissant.

— Comment sait-on que cette énergie va bien rejoindre Hans sans se faire récupérer par les Woodbane ? a demandé Bridget, visiblement inquiète.

— Je l'ai entourée d'un sort de protection, l'a rassurée Ada.

— Alors maintenant, il devrait retrouver Killian ? s'est enquise Rose.

— Rien n'est certain, a répondu Ada en haussant les épaules. Killian semble être doué pour se dissimuler. Avec un peu de chance, notre aide ne sera pas vaine.

Pendant la demi-heure suivante, nous avons remis les meubles du salon en place tout en discutant de ce que nous ferions ensuite. Évidemment, personne n'était d'accord : Rose voulait aller danser, Bridget ne parlait que de billard et Xavier était tenté par un concert de jazz. Du coup, nous n'étions toujours pas décidés lorsque la porte de l'appartement s'est ouverte en grand : Hans est entré, tirant Killian par le bras. Le sorcier aux cheveux longs avait l'air maussade et Hans semblait énervé. À l'évidence, Killian n'était pas venu de son plein gré.

On devait tous le regarder bouche bée, car ce dernier a déclaré, le visage soudain illuminé par un sourire :

— Je sais, je sais, je suis incroyable !

— Tu vas bien ? lui ai-je demandé, étonnée du contraste entre ce Killian joyeux et l'homme effrayé de ma vision.

— Nickel ! Et toi, ma pauvre ? Ça doit être l'enfer de sortir avec Grincheux, a-t-il ajouté avec un signe de la main vers Hans. Il a le chic pour casser l'ambiance...

— Tais-toi et assieds-toi, l'a coupé Hans.

Killian a d'abord fait un détour par le frigo pour prendre un soda, puis il s'est installé sur le canapé comme s'il était chez lui.

— Je l'ai trouvé caché dans un vieil immeuble abandonné.

— Qui a dit que je me cachais ? Je voulais juste être peinard. Personne ne t'a sonné, Traqueur.

— Tu aurais préféré que ton père te trouve en premier ?

— Quel est le problème ? Tant qu'il ne veut pas m'envoyer au lit de bonne heure, je ne vois pas ce que j'ai à craindre de lui. Et ne me parle plus de cette ridicule histoire de sacrifice ! C'est donc à ça qu'on vous paie, au Conseil ? À élaborer des théories de conspiration débiles ?

Je n'y comprenais plus rien. Ma vision m'avait-elle trompée ? Killian était-il assez puissant pour la contrôler ?

Hans s'est tourné vers Bridget.

— Tu penses que ton père accepterait que Killian dorme ici ce soir ?

— Probablement, a-t-elle répondu, légèrement contrariée.

— Très bien. Il pourra dormir avec Xavier et moi dans le salon, on a un autre matelas gonflable.

— J'ai hâte d'y être, a ronronné Killian avant de plonger son regard dans celui de Rose. Je savais qu'on se reverrait, beauté. Et si on allait prendre un verre tous les deux, histoire de faire mieux connaissance ?

— Ça suffit ! a rugi Ada.

Killian a haussé les épaules avant de se tourner vers moi.

— Ils prennent la mouche facilement, tes copains, dis donc. Tout le monde se braque pour un rien. Et toi, tu es comme eux ou tu essayes de remonter le niveau ?

— Tu cherches à nous diviser ? ai-je rétorqué, mais pas aussi sèchement que je l'aurais voulu.

Je n'y pouvais rien, il m'était sympathique, comme si nous étions des complices. Je n'avais jamais éprouvé une chose pareille, et ça me plaisait bien.

Le sourire de Killian s'est allongé un peu plus.

— C'est une idée, ça ! Ça mettrait un peu de piment !

— Oh, j'ai l'impression qu'il y a assez de piment dans ta vie, l'a coupé Hans. De toute façon, ce soir, tu ne vas nulle part. J'ai eu trop de mal à te retrouver pour risquer que tu t'enfuies ou que tu te fasses capturer.

— Tu regardes vraiment trop la télé, a sifflé Killian avec mépris.

— Vous nous excusez deux minutes ? l'ai-je interrompu en faisant signe à Ada et Hans de me suivre dans le bureau. Après avoir fermé la porte, je me suis lancée :

— Je pense que vous devriez tous sortir pour me laisser seule avec lui.

— T'es folle ou quoi ? a rugi Hans.

— Mais non. Lui et moi, c'est comme si on... se connaissait depuis longtemps. Le courant passe bien entre nous. Il ne flirte pas avec moi comme il le fait avec Rose. Bridget et toi, Ada, ça se voit que vous ne pouvez pas l'encadrer. Quant à toi, Hans, tu l'irrites autant qu'il t'agace. Je pense que je pourrais le faire parler si vous nous laissiez tous les deux.

— C'est trop dangereux...

— Je reconnais qu'il est insupportable, ai-je admis. Mais je ne crois pas qu'il soit dangereux, non.

— Morgane sait se défendre, a déclaré Ada. Elle a raison : avec elle, il n'est pas aussi agressif qu'avec nous autres.

— OK, a finalement admis Hans. Mais, au moindre danger, tu m'envoies un message télépathique, Morgane. Je serai au café en bas de l'immeuble.

Je lui ai donné ma parole et, cinq minutes plus tard, je me suis retrouvée seule avec Killian, chacun de nous assis à un bout du canapé. Je me demandais comment je pouvais apprécier quelqu'un de si odieux. Cela n'avait rien à voir avec des sentiments, et c'était pourtant très fort. Malgré son côté amoral et égoïste, je le trouvais vraiment sympa. Peut-être parce qu'il semblait lui aussi m'apprécier.

— Ça va, toi ? m'a-t-il demandé.

— Pourquoi ça n'irait pas ? ai-je rétorqué, surprise par la gentillesse de son ton.

— On ne se connaît pas très bien, mais j'ai l'impression que tu n'as plus l'énergie de l'autre jour, au club. Comme si tu étais épuisée.

— Je suis fatiguée, c'est tout, ai-je répondu, méfiante.

— Moi aussi... La journée a été longue, a-t-il ajouté en contemplant le matelas gonflable à ses pieds. Je peux toujours aller me coucher comme un bon garçon, ça fera plaisir au Traqueur.

— Il essaye de te protéger.

— Mais je ne lui ai rien demandé !

— Tu as pourtant besoin d'aide. Ton propre père va tenter de te tuer...

— Arrête un peu, m'a-t-il coupée en agitant la main. Le Traqueur m'a déjà sorti ces salades. Il y a peu de chances que mon père s'en prenne à moi. J'ai entendu dire qu'il visait bien plus haut que ça.

— Ton père est le chef d'Amyranth ?

Killian s'est levé pour se poster près de la fenêtre. Il a posé ses mains à plat contre la vitre tout en contemplant la nuit.

— Mon père est un sorcier très puissant. Je le respecte pour cela, et je me tiens à distance. Il n'a aucune raison de vouloir ma mort.

J'ai remarqué qu'il avait évité de répondre à ma question.

— Et ta mère ? ai-je insisté.

Killian a éclaté de rire avant de se tourner vers moi.

— Grania ? Le sang de générations de sorciers coule dans ses veines, mais est-ce qu'elle lui fait honneur ? Pas du tout. Elle passe son temps à se plaindre, à jouer les martyres. Franchement, je comprends que mon père se soit barré de la maison. Moi-même, je suis parti dès que j'ai pu.

— Alors tu es venu à New York pour rejoindre ton père ?

— Non. Je savais qu'il vivait là. Et grâce à lui, je me suis fait quelques relations. Mais mon père n'est qu'une ordure égoïste. Nous ne sommes pas vraiment proches, tu vois... Et toi ? C'est quoi, l'histoire de ta vie ?

J'ai haussé les épaules, ne souhaitant ni mentir, ni lui dire la vérité.

— Tu es une sorcière-née.

J'ai hoché la tête. De toute façon, je ne pouvais pas le lui cacher.

— Et assez puissante, a-t-il ajouté. Je le sens. Pour des raisons qui me dépassent, tu es raide dingue de ce rabat-joie de Traqueur.

— Surveille ton langage, l'ai-je interrompu.

— On dirait que j'ai trouvé ton point faible, a-t-il répondu en riant.

— Si tu ne fuyais pas ton père, alors qui? ai-je insisté. Et ne me réponds pas « personne ».

Il a plongé ses yeux dans les miens, soudain très sérieux.

— Bon. Si tu veux tout savoir, même si je ne crois pas à l'histoire du Traqueur, il est vrai que je ne suis pas en très bons termes avec Amyranth. J'étais un membre de leur cercle, avant. Je n'avais jamais été initié, mais j'étais assez impliqué pour connaître certains de leurs secrets. Et puis... j'ai décidé de laisser tomber. Sauf qu'on ne quitte pas Amyranth comme ça. Et mon père a pris ma décision comme une attaque personnelle.

— Il a dû te falloir beaucoup de courage pour quitter Amyranth. Qu'est-ce qui t'y a poussé?

— Je n'étais pas d'accord avec leur programme, voilà tout, a-t-il répondu en haussant les épaules.

— Et pourquoi? l'ai-je pressé, sentant que j'allais enfin apprendre quelque chose.

— Trop de devoirs à la maison, m'a-t-il lancé en me faisant un clin d'œil. Je n'avais plus de temps pour moi, alors que New York est une ville géniale.

Je ne savais plus s'il était sincère ou s'il se fichait de moi.

— Je pense...

Je n'ai pas pu finir ma phrase: soudain, mes sens de sorcière ont déclenché l'alerte rouge. Killian a lui aussi ressenti quelque chose: il scrutait la pièce pour découvrir la source du danger. La menace était si présente qu'elle en semblait presque palpable.

— Qu'est-ce que c'est? ai-je demandé.

— Quelqu'un essaye d'entrer dans l'appartement.

J'ai tout de suite envoyé un message à Hans, puis j'ai couru jusqu'au système de vidéosurveillance : personne dans le hall de l'immeuble. J'ai appuyé sur le bouton d'appel du concierge, mais il m'a dit n'avoir vu personne. Killian a jeté un œil par le judas de la porte : le couloir était désert lui aussi.

— Quelqu'un nous observe, a déclaré Killian. Quelqu'un qui nourrit de mauvaises intentions.

Une forme est venue se cogner contre la fenêtre et le bruit m'a fait sauter au plafond. J'ai cru apercevoir des ailes qui battaient.

— Ouf ! ai-je fait, soulagée. Ce n'était qu'un pigeon ! J'ai cru qu'on essayait de fracturer la fenêtre…

La porte d'entrée s'est ouverte brutalement, et Hans s'est rué vers moi.

— Qu'est-ce qui se passe ? a-t-il demandé, à bout de souffle.

— Il y a quelqu'un dehors, lui ai-je appris en résistant à l'envie de me jeter dans ses bras. Quelqu'un qui nous observe.

— Quoi ? Raconte-moi tout depuis le début.

J'ai bafouillé en lui expliquant ce qui s'était passé. Killian est resté silencieux, se contentant de hocher la tête de temps en temps, le visage blême.

L'air sombre, Hans a passé l'appartement au peigne fin, ses sens déployés à leur maximum.

— Rien, a-t-il lâché en revenant dans le salon. La chose qui voulait entrer est manifestement partie.

— Bon, moi je suis claqué, a déclaré Killian, toujours aussi pâle. Bonne nuit.

Ignorant le matelas gonflable à ses pieds, il s'est allongé sur le canapé en nous tournant le dos.

Peu après, les autres sont rentrés, et tout le monde est parti se coucher. Malgré les nombreuses questions qui m'assaillaient, je me suis endormie aussitôt.

Le lendemain matin, je me suis réveillée un peu avant dix heures. Hans n'arrêtait pas de jurer : Killian avait disparu.

9.

Liens

11 novembre 1981

Je pensais que les choses iraient en s'améliorant. Ne dit-on pas que le temps guérit toutes les blessures ?

Pourquoi est-ce le visage de Maeve qui m'apparaît le matin, le soir, et la nuit alors que je suis auprès de Grania ? Maeve que je sens derrière chaque porte, dans chaque recoin, dans chaque invocation de la Déesse... Ce monde ne m'offre plus de joie. Mes propres enfants m'indiffèrent. Je n'arrive pas à l'oublier, et elle ne sera jamais mienne. Ma rage ne s'estompe pas.

Ma belle-mère, la vieille et grosse Greer, s'est rendu compte de mon désarroi. Elle n'a pas mâché ses mots : « Ton âme est malade et ton cœur se flétrit. Une chose noire et tortueuse te ronge de l'intérieur. Utilise-la. »

Je n'ai pas tout de suite compris ce qu'elle voulait dire, tant la peine m'aveuglait. Mais il ne m'a pas fallu longtemps pour le deviner : quoi de mieux qu'une âme noyée dans les ténèbres pour appeler la magye noire ?

— Neimhich

Hans contemplait le ciel plombé par la fenêtre, la mâchoire serrée par la frustration. Rose dormait toujours et Xavier était parti acheter des croissants.

Assise en tailleur sur le sol du salon, Bridget faisait des exercices de yoga.

— Je sais que tu essayes de protéger Killian, mais, personnellement, je ne suis pas sûre qu'il en vaille la peine, a-t-elle annoncé, la tête en bas.

— C'est clair, a renchéri Ada, qui était assise sur le canapé.

Hans s'est tourné vers moi et m'a demandé de lui rapporter dans les moindres détails ce qui s'était passé la veille.

— Nous étions dans le salon, ai-je répété, et nous parlions tranquillement, lorsque nous avons tous les deux senti une présence menaçante. Killian a dit que quelqu'un ou quelque chose essayait d'entrer. Je t'ai envoyé un message et nous avons déployé nos sens. Puis j'ai demandé au concierge s'il avait vu quelqu'un, pendant que Killian inspectait le couloir. Et là, on a entendu un bruit énorme près de la fenêtre…

— Quel bruit énorme ? Tu ne m'en as pas parlé hier soir !

— Parce que ce n'était qu'un pigeon, en fait. Et tu es arrivé juste après.

— Un pigeon ? a répété Hans, les sourcils froncés.

— Oui, pourquoi ?

— Les pigeons ne sont pas des oiseaux nocturnes. Qu'est-ce que tu as vu exactement ?

— Euh... ai-je balbutié, prise de panique. Juste une forme floue avec des plumes gris et marron, je crois. Grosse comme une pastèque.

— C'est trop gros pour être un pigeon. À mon avis, c'était un hibou.

— Un hibou ? Tu veux dire...

— Oui, que c'était un des métamorphes d'Amyranth.

Un long silence s'est installé dans la pièce. J'essayais de contrôler les crampes qui me nouaient l'estomac.

— Au moins, maintenant, nous sommes sûrs que Killian était leur cible, a finalement dit Hans. À l'évidence, ils l'ont suivi jusqu'ici.

— Il le savait ! me suis-je soudain exclamée, me rappelant comment Killian avait pâli après l'incident du pigeon. Il n'a rien dit, mais je suis certaine qu'il avait compris de quoi il retournait.

— Bon, a soupiré Hans. Soit il est parti de son plein gré, soit Amyranth a réussi à le capturer. Dans les deux cas, nous devons le retrouver avant qu'il ne lui arrive quelque chose.

J'ai repensé à la montre de Ciaran, me demandant si on pouvait l'utiliser pour le localiser.

— Hans, ai-je murmuré. Viens par ici, je dois te montrer quelque chose.

Bridget et Ada m'ont regardée d'un air interrogateur tandis que Hans me suivait dans la chambre d'amis. Regrettant de ne pas avoir été honnête avec lui depuis le début, j'ai sorti la montre de ma poche et la lui ai tendue.

— Qu'est-ce que c'est ? m'a-t-il demandé en haussant les sourcils.

Il a écouté patiemment mon histoire, puis il m'a observée en silence pendant de longues minutes. Je n'avais pas besoin de mes dons de sorcière pour savoir que je l'avais déçu en prenant de tels risques, vu que Ciaran était le chef d'Amyranth.

— Je suis désolée, Hans. J'aurais dû te le dire.

— Effectivement. Tu aurais dû, a-t-il répondu d'un ton las. Néanmoins, la montre pourrait s'avérer utile. Prends-la : puisqu'elle appartenait à Maeve, c'est à toi de la tenir.

Je l'ai reprise dans le creux de ma main, et nous avons commencé à méditer au rythme du tic-tac.

Hans a psalmodié quelques mots en gaélique, « un sort pour rendre visibles les énergies de ceux qui avaient un lien avec cette montre », m'a-t-il expliqué.

J'ai senti une douce chaleur et une tendresse infinie parcourir la montre, mêlées à un flux d'énergie que j'avais appris à reconnaître : celui de ma mère.

— Maeve y tenait comme à la prunelle de ses yeux, ai-je annoncé.

Hans a tracé une rune dans l'air : Peorth, la rune pour révéler ce qui est caché.

Une lueur verte est apparue sur la surface dorée de la montre : les yeux de ma mère. Ma gorge s'est serrée et des larmes ont coulé sur mes joues. La dernière fois que j'avais eu une vision de ma mère, elle suffoquait dans une grange en feu.

Là, elle se tenait dans un champ, le visage illuminé par la joie de l'amour. J'étais sûre qu'elle pensait à Ciaran.

« Maintenant, montre-moi Ciaran », ai-je demandé à la vision. Mais l'image est restée la même, avant de disparaître peu à peu.

— On n'est pas plus avancés, ai-je soupiré.

— Ça va ? s'est enquis Hans en fixant mes yeux humides.

J'ai acquiescé avant de replacer la montre dans le morceau de soie verte.

— Bon, il me reste une piste, a déclaré Hans en sortant de sa poche une carte à jouer.

On aurait dit l'atout d'un jeu de tarot, sauf qu'elle représentait la Vierge Marie : son visage était nimbé d'une auréole à pointes et un angelot voletait au-dessus d'elle.

— La Vierge de Guadalupe, m'a expliqué Hans. Je l'ai découverte hier soir, là où Killian s'était réfugié. J'ai pu déterminer son origine. Tu veux venir avec moi pour voir où il l'a trouvée ?

La journée m'a soudain semblé prometteuse : j'allais la passer avec Hans !

Avant de partir, nous avons prévenu les autres que nous les retrouverions le soir pour dîner. Ada et Rose avaient prévu d'aller aux Cloîtres, tandis que Xavier et Bridget ne s'étaient toujours pas décidés à bouger.

J'ai suivi Hans dans le quartier du Village, puis dans une ruelle desservant une toute petite boutique dont la vitrine regorgeait de bougies empilées dans des vases, de crucifix, de rosaires, de statues de saints, de boules de cristal, de plantes, d'huiles essentielles et de poudres diverses. En entrant, j'ai été frappée par un curieux mélange de parfums : encens, romarin, musc et myrrhe.

— C'est étrange, ai-je murmuré. On dirait un croisement entre une boutique religieuse et un magasin dédié à la Wicca.

— La propriétaire est une *curandera*, m'a appris Hans. Une sorcière blanche mexicaine. La sorcellerie de l'Amérique centrale mélange des éléments du symbolisme chrétien avec la Wicca.

Nous nous sommes avancés jusqu'au comptoir, derrière lequel se tenait une jolie femme aux cheveux noirs.

— *Buenos días*, nous a-t-elle salués. Qu'est-ce qu'il vous faut ?

— Cette carte, a demandé Hans en brandissant la Vierge, elle vient de chez vous ?

Elle l'a étudiée un moment avant de répondre :

— *Sí*. Il m'arrive d'en donner un exemplaire à ceux qui ont besoin de protection. Comment êtes-vous remontés jusqu'à moi ?

— La carte porte la signature de votre énergie.

— Vous êtes du Conseil ?

— Oui. Je cherche un sorcier nommé Killian. Je pense qu'il est en danger.

— Celui-là, il est toujours en danger.

— Vous savez où je peux le trouver ? Non ? Bon. Si vous le voyez, vous voulez bien me contacter ?

Elle l'a observé attentivement, et j'ai eu l'impression qu'elle lisait en lui comme dans un livre ouvert.

— Oui, je le ferai, a-t-elle enfin promis.

Après une hésitation, Hans lui a demandé :

— Amyranth, ça vous dit quelque chose ?

— *Brujas !* a-t-elle aboyé en frissonnant. Ils révèrent les ténèbres. Vous feriez mieux de les éviter.

— Nous pensons qu'ils ont kidnappé Killian.

Un éclair a traversé le regard de la Mexicaine, puis elle a griffonné un nom sur un bout de papier.

— Pour son malheur, cette femme a été jadis la maîtresse du chef d'Amyranth. Depuis, elle vit dans la peur. Je ne sais pas si elle acceptera de vous parler, mais vous pouvez toujours essayer. Montrez-lui ma carte.

Alors que nous allions partir, la sorcière brune a interpellé Hans :

— Il y a quelque chose que tu dois faire et que tu repousses depuis trop longtemps, Traqueur. Ne tarde pas, avant qu'il soit trop tard. *Comprende ?*

J'étais éberluée, mais Hans s'est contenté de murmurer :

— Oui.

— Tiens, a-t-elle continué en sortant de sous le comptoir un objet qui ressemblait à une grosse cosse. Tu en auras besoin. Tu sais t'en servir ?

Hans a hoché la tête puis a remercié la sorcière.

— Tu peux m'expliquer ? ai-je demandé lorsque nous nous sommes retrouvés sur le trottoir.

Hans m'a pris le bras et s'est dirigé vers le fleuve Hudson.

— À mon avis, elle a sympathisé avec Killian et elle essaye de l'aider.

— Oui, ça j'ai compris ; mais de quoi elle parlait, à la fin ?

Il est resté silencieux un moment, puis il a repris la parole :

— Elle possède un don d'empathie. Elle ressent les peurs profondes et les préoccupations majeures des gens. Et… elle a deviné que je m'inquiétais pour mes parents. Grâce à elle, je dispose d'un moyen discret de les contacter.

Il m'a ensuite expliqué que la grosse cosse s'utilisait un peu comme une bouteille à la mer : on lui jette un sort pour qu'elle retrouve le destinataire et lui délivre un message, mais le sort est si faible que, normalement, il est indétectable. Le revers de la médaille : il lui faut longtemps avant d'arriver à destination.

Nous avons rejoint la rive du fleuve. Hans s'est agenouillé au bord de l'eau avant d'ouvrir la cosse avec précaution. Il a dessiné dans l'air plusieurs sceaux qui ont scintillé puis ont disparu à l'intérieur de la cosse. Ensuite, il a psalmodié une incantation en gaélique, a refermé la cosse et l'a scellée avec d'autres sorts. Enfin, il l'a jetée dans l'eau. Nous l'avons regardée tanguer à la surface, puis disparaître dans les flots.

Hans m'a pris la main ; je l'ai serrée, essayant de lui transmettre ma force.

— J'ai fait ce que j'ai pu, a-t-il soupiré. Je n'ai plus qu'à attendre… et à espérer.

10.

Signes

14 décembre 1981

Voilà un mois que Greer, ma belle-mère, est morte d'une crise cardiaque. Si quelqu'un suspecte que j'y suis pour quelque chose, personne ne s'est manifesté. Désormais, Liathach m'appartient.

Greer était puissante, je le reconnais, mais elle manquait d'audace. Elle s'inquiétait toujours du Haut Conseil. Tout cela va changer. Liathach ne rendra de comptes à personne, et le Conseil nous craindra.

— Neimhich

Hans et moi sommes rentrés ensemble à l'appartement, puis il est reparti à la recherche de l'ancienne maîtresse de Ciaran. Comme Bridget s'était offert une séance chez le pédicure, je me suis retrouvée seule avec Xavier. Tant mieux : je voulais recoller les morceaux. J'allais lui proposer une balade lorsqu'il s'est levé pour enfiler son manteau.

— Où vas-tu ?

— Au Muséum d'histoire naturelle, m'a-t-il

informée sèchement. (Il m'avait à peine parlé depuis notre dispute.)

— Tu veux de la compagnie ?

— Non merci.

— Bon, ai-je fait, tentant de dissimuler ma peine. Tu sais, Xavier, j'ai beaucoup pensé à ce que tu m'as dit hier. Je voulais t'en parler mais... est-ce que je peux t'accompagner jusqu'au métro ?

Après un temps de réflexion, il a hoché la tête. Pour rejoindre la ligne de métro, il fallait d'abord prendre le bus. L'avenue était encombrée de fourgonnettes, de voitures et de taxis. Une ambulance et un camion de pompiers se trouvaient coincés au milieu du trafic, malgré leurs sirènes hurlantes. La rue était bien trop bruyante pour qu'on puisse y mener une conversation.

— Je t'offre un verre ? ai-je proposé.

— Non merci, a-t-il répété alors que notre bus arrivait.

— Bon, ai-je soupiré en le suivant à l'intérieur et en m'asseyant en face de lui. Je voulais m'excuser. Tu as raison. Je n'aurais pas dû manipuler cette pauvre femme.

Xavier a détourné le regard, toujours aussi en colère.

— Tous ces pouvoirs, c'est encore nouveau pour moi, ai-je poursuivi. Je ne me cherche pas d'excuses, mais il me faut du temps pour m'habituer, pour apprendre à discerner quand il faut ou ne faut pas que je me serve de ma magye. Alors forcément, je fais des gaffes de temps en temps...

— Oui, et ? a lâché Xavier en croisant les bras.

— Tu ne me facilites pas les choses…

— T'as qu'à me jeter un sort, si ça peut t'arranger.

— Écoute, Xavier, je te promets de faire plus attention. De ne pas abuser de mes pouvoirs. Et je ne te mettrai plus jamais dans une pareille situation.

Il a fermé les yeux et, lorsqu'il les a rouverts, la tristesse avait remplacé la colère.

— Morgane, je n'essaye pas de te punir. Je ne peux plus te faire confiance, c'est tout. Comment tu veux qu'on soit amis ? On ne joue plus dans la même cour : tu es toute-puissante, et moi je ne suis rien… c'est trop inégal !

Le désespoir m'a envahie. Je pensais qu'une simple conversation arrangerait tout. Nous n'avions jamais été fâchés par le passé. Mais Xavier avait raison : j'évoluais dans un monde éloigné du sien, qui obéissait à des règles différentes.

Je l'ai suivi lorsqu'il est descendu du bus pour rejoindre le métro. Quand la rame est arrivée, je me suis assise face à lui.

— Alors, parce que je suis une sorcière-née, nous ne pouvons plus être amis ? ai-je demandé en ravalant mes larmes.

— Je n'en sais rien, Morgane.

Le métro a desservi plusieurs stations sans que l'un de nous prenne la parole. Je faisais de mon mieux pour ne pas éclater en sanglots. Après Bridget, je ne voulais pas le perdre lui aussi. Pourquoi devais-je renoncer à mes meilleurs amis à cause de mes pouvoirs ?

En levant les yeux vers le plan du métro, j'ai vu que Xavier descendait à la station suivante.

— Je ne veux pas renoncer à notre amitié, ai-je insisté. J'ai besoin de toi, du Xavier qui n'est pas un sorcier-né et qui est le seul à me connaître. Je… (J'ai dû faire une pause pour me moucher.) Xavier, je tiens vraiment à toi… je ne veux pas te perdre.

Xavier m'a lancé un regard où se lisaient à la fois l'amitié, la sympathie et une sorte de lassitude.

— Moi non plus, je ne veux pas te perdre, a-t-il répondu alors que le métro entrait dans la station. Tu veux venir voir les dinosaures avec moi ?

— Bien sûr, ai-je répondu en esquissant un sourire.

Je l'ai suivi. Une fois dehors, une fatigue immense, accompagnée de vagues nausées, m'est tombée dessus.

— Euh… Xavier ? Je crois que je vais devoir renoncer au Muséum.

— Après tout ça ? Tu ne viens même pas voir les dinos avec moi ?

— Crois-moi, je le voudrais bien, sauf que là, j'ai les jambes coupées. Je vais m'asseoir un moment, puis je rentrerai me reposer à l'appartement.

— Sûre et certaine ?

J'ai acquiescé puis je l'ai regardé partir vers le Muséum en me retenant de vomir sur le trottoir. J'ai repris mon souffle et traversé la rue pour m'asseoir sur un banc. Les nausées empiraient. J'ai fermé les yeux, de plus en plus faible et désorientée. « Que m'arrive-t-il ? » me suis-je inquiétée.

Quand j'ai rouvert les yeux, je ne voyais plus le grand escalier et les colonnes du Muséum. La scène devant moi avait changé.

Un fouillis de branches, des grises et des brunes. Derrière, une maison étroite et haute, dissimulée par un enchevêtrement de glycine. Une sirène hurlante, un gyrophare qui passe à toute allure, un flot de voitures. Une sonnette cachée dans une tête de gorgone en pierre. Des cris, des bruits de lutte. Une voix masculine, familière mais terrifiante. Des silhouettes portant des masques d'animaux. Une créature ligotée, allongée sur une table en pierre.

Quelque chose m'a chatouillé la cheville, m'arrachant à ma vision. J'ai laissé échapper un cri de surprise, effrayant le pauvre chien qui reniflait ma chaussure. Son propriétaire l'a écarté de moi en me gratifiant d'un regard irrité.

« Déesse, que se passe-t-il ? » me suis-je inquiétée. Je venais d'avoir une vision non sollicitée. En rapport avec mes rêves. Mais c'était différent, plus réel encore. Venais-je de voir Killian se faire torturer par Amyranth ?

Il fallait que j'en parle à Hans. Je lui ai envoyé un message télépathique, puis je suis restée là, toute tremblante sur mon banc, à attendre qu'il me réponde. En vain. « Hans, ce n'est pas le moment de m'ignorer », me suis-je dit. J'ai renouvelé mon message, laissant cette fois-ci transparaître ma peur.

Toujours rien. J'ai commencé à m'inquiéter pour lui, craignant qu'il ne lui soit arrivé quelque chose. Après une minute d'attente, j'ai voulu contacter Ada. Sans plus de succès.

Essayant de ne pas céder à la panique, j'ai trouvé une cabine téléphonique et j'ai appelé l'appartement. Personne. J'ai laissé un message au cas où. Puis j'ai composé le numéro de Bridget.

— Allô ? a-t-elle répondu dans l'instant.

— C'est moi. T'es où ?

— Dans un taxi, coincée dans les bouchons.

Je lui ai raconté ma vision en détail, avant de lui demander son aide :

— Je suis sûre que Ciaran retient Killian prisonnier dans cette maison. Tu connais la ville mieux que moi. Pense à ce que je t'ai dit : tu ne vois pas où ça pourrait être ? l'ai-je pressée, me rappelant comment Hans avait procédé avec ma vision.

— Euh… attends, tu m'as parlé de branches ? Alors cette maison doit être près d'un parc. Peut-être Central Park.

— Logique.

— Bon, maintenant, de quel côté tu voyais les arbres ?

J'ai fermé les yeux, essayant de raviver ma vision.

— Je me tenais à un carrefour. La maison était située de l'autre côté d'une petite rue, et les arbres apparaissaient sur ma droite, le long d'une avenue. C'est ça ! La maison faisait l'angle entre la petite rue et la grande avenue !

— Bien, on avance. Laisse-moi réfléchir… Décris-moi l'avenue. Était-elle très large ? Et dans quelle direction roulaient les voitures ?

— Bridget, tu m'en demandes trop, ai-je maugréé, frustrée. Je n'ai pas remarqué la circulation.

— Fais un effort ! Est-ce que tu as vu des voitures, au moins ?

J'ai repensé à la sirène et au gyrophare : une ambulance. Je l'ai suivie en pensée jusqu'à ce qu'un monospace bleu la croise sur la gauche.

— Il y avait au moins quatre voies, ai-je déclaré. Et les voitures roulaient dans les deux sens !

Comme la plupart des avenues étaient à sens unique, cette information allait nous être très utile.

— Génial ! À mon avis, ta maison se trouve à l'ouest de Central Park, je ne vois pas d'autre endroit qui réunisse tous ces éléments.

— Bridget, t'es la meilleure !

— Tu m'appelles d'où ?

— D'une cabine en face du Muséum d'histoire naturelle.

— Tu es tout près de Central Park, alors ! Tu n'as qu'à remonter l'avenue, tu verras bien si tu reconnais les lieux.

— Tu as raison, ai-je murmuré, soudain terrifiée à l'idée de tomber nez à nez avec Ciaran. C'est ce que je vais faire. Je n'ai pas réussi à joindre Hans. Si tu le vois, dis-lui que j'ai besoin de lui tout de suite !

— Morgane... Promets-moi que si tu trouves cette maison, tu n'y entreras pas seule.

— Je n'en ai pas l'intention, l'ai-je rassurée, touchée qu'elle s'inquiète pour moi. Merci de ton aide.

J'ai essayé de joindre Xavier – après tout, il n'était qu'à quelques mètres de moi. Je suis tombée sur son répondeur. Or, je n'avais pas le temps de le chercher dans le Muséum.

Un ultime message à Hans n'a pas eu plus de succès que les précédents. J'espérais qu'il allait bien. Je devais m'en persuader. Comme je devais me persuader que les coïncidences n'existent pas. Le destin guidait mes pas. Je me trouvais à côté de Central Park, c'était un signe. Tout concordait pour que je retrouve Killian.

J'ai commencé à remonter l'avenue, et le parc est bientôt apparu sur ma droite, comme dans ma vision. Mes sens se sont mis en alerte. Je percevais dans l'atmosphère la pesanteur qui précède un orage d'été. Le vent de l'hiver me poussait vers l'avant, comme pour m'inciter à accélérer. Un sentiment d'urgence m'a envahie, et mon cœur s'est mis à battre à tout rompre.

Au premier carrefour, je me suis arrêtée net. C'était là.

La maison comptait trois étages et, sous la glycine, j'apercevais sa façade de granit. Trois petites marches menaient à la porte d'entrée, et la sonnette se trouvait dissimulée dans une tête de gorgone en pierre. Exactement comme dans ma vision.

La peur m'a enveloppée de son aura glacée. J'avais trouvé l'endroit où Amyranth retenait Killian.

11.

Le destin

Samhain, 1983

Les rumeurs sont fondées. Elle est vivante. Ballynigel a été rasé par la vague noire, et pourtant Maeve Riordan et Angus Bramson, cet imbécile aux yeux bleus, ont réussi à survivre. Par la Déesse, je ne compte plus le nombre de fois où j'ai imaginé leur mort dans mille tourments. La sienne, surtout. En l'espace de deux semaines enchantées, elle m'a rendu plus vivant que jamais, avant de me déchirer l'âme. Mon mariage n'est plus qu'une triste farce, mon foyer une prison. Et les enfants... eh bien, au moins, ils respectent mon pouvoir.

Je quitte l'Écosse, je quitte Liathach. Certes, le cercle a gagné en puissance. Nous avons participé à la destruction de Crossbrig, et nous avons récupéré leurs livres de sorts wyndenkell si précieux. Mais les sorciers de Liathach sont des faibles. Ils ont obéi trop longtemps à la famille de Grania. Ils pensent que je les mets en danger. Ils veulent se retirer du jeu. Qu'il en soit ainsi. Mais sans moi.

Je ne regrette pas de perdre Liathach. Il y a des années que j'aurais dû partir. Maintenant, tout ce qui m'importe, c'est de retrouver Maeve. Elle a réussi l'impossible, elle a survécu à la vague noire. Je l'ai vue dans mon cristal. Je sais qu'elle tient encore à moi, que nous sommes toujours faits l'un pour l'autre. Je dois la retrouver.

Pour lui dire à quel point je l'aime... ou pour la tuer ? Nous verrons...

— Neimhich

La maison était ancienne, vestige de la ville du XIXe siècle. Maintenant que je l'avais localisée, que faire ?

J'ai traversé la rue pour rejoindre une autre cabine, d'où j'ai rappelé Bridget. Elle venait de rentrer à l'appartement.

— J'y suis, lui ai-je annoncé. C'est au carrefour de la 87e rue et de l'avenue Central Park West. As-tu des nouvelles de Hans ?

— *Nada*. Tu sais où il pourrait être ?

Je n'en avais aucune idée, vu qu'il ne me disait que le strict minimum sur son enquête.

— Euh... il y a une boutique de sorcellerie mexicaine derrière Hudson Street, près du fleuve. La propriétaire lui a fourni un contact. Elle te donnera peut-être l'adresse.

— J'y vais tout de suite, a-t-elle annoncé. Je laisse quand même un mot au cas où il reviendrait.

— Moi, je garde un œil sur cette baraque. Si tu trouves Hans, dis-lui de me rejoindre.

— OK. Rappelle-moi dans vingt minutes, que je sois sûre qu'il ne t'est rien arrivé.

Je le lui ai promis, avant d'aller m'asseoir dans le

parc, sur un banc d'où je voyais bien la maison. Il faisait si froid qu'au bout de quelques minutes je ne sentais plus mes pieds ni mes doigts gelés.

Cependant, je sentais très bien la magye puissante qui émanait de ces murs. Lorsque j'ai aperçu une silhouette derrière une fenêtre, mon sang s'est figé dans mes veines. « Si seulement j'avais pu partir à la recherche de Hans avec Bridget... », ai-je regretté. L'idée de rester seule face à cette maison qui irradiait la magye noire me terrifiait – surtout que Ciaran s'y trouvait sans doute.

J'ai tenté de me calmer, les yeux rivés sur la villa. Tout était immobile, même la glycine. La demeure semblait déserte, à tel point que je me suis demandé si je ne m'étais pas trompée. « La magye peut jouer des tours, ai-je pensé. Mais pas à moi. »

J'ai activé mes sens pour repérer quelle sorte de défenses ou de pièges magyques protégeaient la maison. J'ai perçu une résistance au niveau de la porte – un simple sort de protection. Les sortilèges étaient bien moins nombreux que ceux qui scellaient la villa de Nicolas. Et il n'y avait pas de système d'alarme, juste une porte blindée garnie de verrous. Un seul était tiré. Bizarre.

Un coup d'œil à ma montre m'a appris qu'il était quinze heures. Bridget avait-elle réussi à retrouver Hans ? Y avait-il une chance que j'arrive à découvrir ce qui se passait à l'intérieur de cette maison à ce moment même ? Je pouvais toujours guetter l'aura de Killian.

Je me suis concentrée, essayant de me rappeler à quoi son aura ressemblait. Une forme m'est apparue très distinctement et il me semblait entendre la voix de Killian. Puis des cris m'ont vrillé les oreilles. De nouveau, j'ai senti qu'il luttait, désespéré, terrorisé au-delà des mots.

La vision s'est évanouie aussi vite qu'elle était venue. Killian était à l'intérieur, captif, appelant à l'aide. Et j'étais la seule à l'entendre.

Je ne pouvais plus attendre Hans. « Accroche-toi, Killian, ai-je pensé. J'arrive. »

À peine debout, je me suis mise à trembler de tous mes membres. Pour qui est-ce que je me prenais ? Moi, une sorcière inexpérimentée de dix-sept ans, je comptais défier tout un cercle de sorciers woodbane, dont celui qui avait assassiné Angus et Maeve ? À eux deux, ils n'avaient pas réussi à s'opposer à Ciaran… Je n'avais aucune chance. S'il n'avait pas hésité à tuer sa mùirn beatha dàn, que ferait-il à la fille de cette dernière ?

Cependant, je ne pouvais oublier mes rêves et mes visions. Il y avait là un message clair : je devais sauver Killian.

— Déesse, aide-moi, ai-je imploré en respirant profondément.

J'ai tout fait pour me calmer, me répétant que les connaissances d'Alyce m'accompagnaient, et que j'étais bien plus puissante que la plupart des sorciers-nés. J'étais forte, plus forte encore que le jour où Hans et moi avions battu Selene. Si Ciaran se trouvait là, ne devais-je pas à Maeve de l'arrêter définitivement ?

« Je vais y arriver, me suis-je répété. C'est ma destinée. »

J'ai traversé la rue et grimpé la première marche, avant de me figer sur place. J'étais soudain terrorisée ; une petite voix me murmurait : *fais demi-tour. N'approche pas plus. Va-t'en.*

J'ai voulu poser le pied sur la deuxième marche. En vain. L'horreur me tétanisait.

« C'est un sort pour repousser les curieux », ai-je soudain compris. J'ai forcé le sort à se montrer. Il a résisté un instant avant d'apparaître fugacement dans l'air hivernal. La rune Is – symbolisant les obstacles, les choses figées, repoussées – se répétait à l'infini, comme une série de stalactites de cristal. Je les ai visualisées fondant à la chaleur d'un feu et, au bout de quelques secondes, j'ai senti leur pouvoir diminuer.

Le sort a cédé, et j'ai atteint la marche du haut. Un autre sortilège bloquait la porte. J'ai jubilé quand je me suis rendu compte que je savais exactement quoi faire. Soit cette magye n'était pas très puissante, soit j'étais devenue plus forte que je ne l'imaginais.

Cette fois-ci, j'ai appelé le pouvoir de la terre, par les racines de la glycine, par les fondations de pierre. J'ai réuni toute l'énergie que les nombreux habitants de New York déversaient dans les rues. Une puissance tumultueuse a monté en moi. Je l'ai laissée croître, avant de la projeter sur la porte. Le sort a volé en éclats, le seul verrou tiré s'est actionné et la porte s'est entrebâillée. Je suis entrée, fière de ma toute-puissance.

Je me suis retrouvée dans un hall au plafond vertigineux, avec un sol en marbre. Un grand escalier desservait les étages supérieurs. J'ai envoyé un message télépathique à Killian : « Où es-tu ? Guide-moi. »

L'instant d'après, j'étais sur le dos, immobilisée par un sort d'entrave plus fort que tous ceux que j'avais connus. Il me maintenait les bras le long du corps, me pressait les jambes l'une contre l'autre, me tenait à la gorge pour m'empêcher d'émettre le moindre son et me comprimait la poitrine à tel point que chaque respiration était un combat. « Oh, Déesse, ai-je songé. Je ne suis peut-être pas aussi forte que ça… »

Très vite, j'ai lancé un sort pour briser les entraves.

En vain. La panique m'a brouillé les idées.

J'ai tenté le sort qui avait si bien fonctionné quelques minutes auparavant : j'ai déployé mes sens, cherchant à me connecter au sol, mais je n'ai trouvé qu'un vide vertigineux, comme si la terre elle-même avait été dépossédée de son pouvoir et n'avait plus rien à offrir. Et tout autour de moi tournoyaient des vagues de magye noire.

« Alyce, ai-je pensé. Elle doit connaître un sort capable de m'aider. » Une formule pour ramener la lumière parmi les ténèbres m'est venue à l'esprit. J'ai d'abord visualisé une petite flamme, puis je l'ai fait grandir, de plus en plus brillante, de plus en plus chaude. Elle repoussait l'énergie négative, la consumant, purifiant l'air de la pièce.

Soudain, j'ai failli perdre connaissance : ce qui ressemblait à une dague de glace m'avait transpercé l'estomac. « Ce n'est qu'une illusion, ai-je tenté de me rassurer. » Je me suis forcée à ignorer la douleur qui me déchirait les entrailles et à visualiser la flamme dévorant les ténèbres.

Une autre lame s'est fichée dans mon dos.

— Aaaah ! ai-je hurlé, et mon propre cri m'a effrayée.

J'ai senti ma chair, mes tendons et mes os céder, puis la flamme s'est éteinte.

Et la douleur a disparu. Malgré les tourments que j'avais endurés, j'ai vu que mon corps n'avait rien. Comme je le pensais, j'avais été victime d'une simple illusion. Mais le sort d'entrave qui me bloquait au sol était bien réel. J'ai regardé autour de moi pour localiser la source de ces sorts. « Là ! » ai-je pensé. Je sentais une sombre magye se déverser sur moi ; une magye réunissant les pouvoirs de plusieurs sorciers ligués contre moi.

De la bile m'est montée à la gorge : j'étais complètement dominée. « Qu'ai-je fait ? Comment ai-je pu être assez naïve pour croire que je pourrais vaincre tout un cercle de Woodbane ? »

Une silhouette élancée vêtue d'une tunique noire et portant un masque s'est avancée jusqu'à moi. Le masque représentait une gueule de chacal aux traits horriblement accentués, sculptée dans un bois sombre. Ma peur s'est décuplée lorsque j'ai aperçu les autres silhouettes masquées : un hibou, un couguar, une vipère, un aigle.

— Où est Killian ? ai-je articulé malgré ma terreur. Qu'est-ce que vous lui avez fait ?

— Killian ? a répété le sorcier au masque de hibou. Il n'est pas là.

— Mais vous vouliez absorber ses pouvoirs ! ai-je lancé bêtement.

— Tu te trompes, a répondu le chacal avec un rire aigu.

— Killian n'était pas notre cible, a renchéri le hibou.

— Tu as été dupée, a continué la vipère, et ils ont tous éclaté de rire. Notre cible, c'est toi, a-t-elle ajouté, ses yeux jaunes rivés sur moi.

12.

Ciaran

28 février 1984

Le début du printemps nous incite à semer les graines de nos rêves pour le futur. Je suis dans un petit village nommé Meshomah Falls, et me voilà redevenu enfant, plein d'espoir pour l'avenir. Je l'ai retrouvée. Aujourd'hui, nous nous sommes enfin revus. J'ai tout de suite compris qu'elle m'aimait encore. Que rien n'avait changé. Déesse, chaque fois que je la regarde, je vois l'univers dans ses yeux.

À la nuit tombée, elle m'a entraîné dans un champ isolé. «Là, personne ne nous verra», m'a-t-elle murmuré. «Bien sûr, lui ai-je répondu. L'un de nous doit jeter un sort d'invisibilité.»

À cet instant, elle m'a expliqué qu'elle avait renoncé à sa magye. Je n'en croyais pas mes oreilles. Depuis qu'elle a quitté l'Irlande, elle a vécu une demi-vie, ses sens en berne, prisonnière de sa propre terreur. «Tu n'as plus rien à craindre», l'ai-je rassurée. Petit à petit, je l'ai encouragée à rouvrir ses sens au monde. Quelle joie ai-je lue dans ses yeux lorsqu'elle a senti sous ses pieds chaque graine, chaque *étincelle de vie dans la terre ! Quel délice de la voir se donner au ciel, à la lune et aux étoiles ! Quel plaisir de sentir enfin son corps contre le mien !*

Déesse, je sais enfin ce qu'est le bonheur.

— Neimhich

— Ce sont tes pouvoirs qui nous intéressent.

Ces mots ont résonné en moi, puis tout a été clair.

Mes rêves et mes visions : des prémonitions de ce qui allait m'arriver à moi, non à Killian. Le Conseil s'était trompé. Le louveteau sacrifié, ce n'était pas Killian, mais bien moi.

Mon côté rationnel s'est demandé pourquoi j'étais apparue sous cette forme animale. Je n'ai pas eu le temps d'y réfléchir, car le chacal m'a interpellée.

— Suis-nous.

— Non ! me suis-je exclamée.

Le sorcier a levé la main vers moi, et je me suis retrouvée debout, marchant derrière eux comme un automate. J'étais furieuse que mon corps me trahisse, pleine de rage de ne rien pouvoir faire.

Ils m'ont entraînée jusqu'à la cave où ils m'ont forcée à enfiler une robe marron, qui ressemblait terriblement à ce que portent les sorcières dans les films lorsqu'elles montent sur le bûcher. Puis ils m'ont fait asseoir, et la belette et le jaguar sont arrivés pour me faire boire une décoction immonde. Jusquiame, valériane, belladone et digitale, ai-je reconnu. L'odeur était si écœurante que j'avais des haut-le-cœur à chaque gorgée.

Ils m'ont laissée seule, et j'ai senti le liquide

imprégner mon corps et mon esprit, ralentissant mes pensées et mes réflexes. Puis j'ai commencé à trembler de tous mes membres avant d'être frappée par une vague d'étourdissement. Le sol tanguait sous mes pieds, la pièce tournoyait autour de moi.

Finalement, le hibou et la belette sont revenus.

— Il t'attend, ont-ils lâché.

Ciaran, à l'évidence. De nouveau, mon corps s'est levé malgré moi et les a suivis à l'étage, dans une chambre lambrissée éclairée par des bougies et un feu de cheminée. Les deux sorciers m'ont fait asseoir dans un fauteuil avant de quitter la pièce.

Ciaran se tenait devant l'âtre, me tournant le dos. L'assassin de ma mère. Il portait une tunique de soie violette, aux ourlets noirs. J'ai réprimé une envie de vomir.

Il s'est tourné vers moi et, l'espace d'une seconde, la nausée et les tremblements ont cessé, remplacés par la surprise et le soulagement. Ce n'était pas Ciaran. C'était le sorcier aux cheveux argentés rencontré dans la cour du club et à la librairie, l'homme dont je m'étais immédiatement sentie proche, en qui j'avais tout de suite eu confiance.

La nausée a redoublé l'instant d'après lorsque j'ai compris que j'avais bien mal placé ma confiance. Je sentais maintenant à quel point ses pouvoirs étaient sombres : ils s'agitaient au fond de lui comme un cyclone de ténèbres en furie.

Le sorcier m'observait.

— Je n'ai jamais pensé à vous demander votre nom, lui ai-je lancé.

— Mais maintenant, tu le connais ? m'a-t-il répondu, le visage déformé par les ombres que projetait le feu sur ses traits.

— Ciaran.

— Et toi, tu es Morgane Rowlands.

« Par la Déesse ! Comment ai-je pu être si bête ! » ai-je songé.

— Vous vous êtes bien moqué de moi. Vous saviez qui j'étais dès le début.

— Au contraire. Ce n'est qu'à la librairie que j'ai compris que tu étais la Morgane qui avait vaincu Selene.

— Mais comment… ?

— Ta puissance manifeste m'a rendu curieux et j'ai voulu en savoir plus. Mon cristal divinatoire est lié à moi, si bien que j'ai vu tout ce que tu y as vu. L'enseigne du cinéma d'où sortait cette jeune fille – ta sœur, peut-être ? – a attiré mon attention. Le nom de Widow's Vale m'était familier et, lorsque tu m'as dit ton prénom, j'ai fait le rapprochement. Pour être tout à fait honnête, a-t-il poursuivi, je ne comptais pas m'occuper de toi si vite, mais puisque tu t'es jetée dans mes bras, je ne pouvais manquer cette occasion, pas vrai ?

— Alors, le hibou, hier soir… ?

— Il t'espionnait. Mais nous étions déjà sur nos gardes depuis l'arrivée en ville du Traqueur. Nous n'avons eu aucun mal à découvrir en quoi consistait sa mission, puis nous avons semé les indices qui t'ont menée jusqu'ici. C'est moi qui t'ai envoyé la vision de Killian dans la flamme de la bougie, et celle que tu as eue aujourd'hui. Je t'ai même aidée à briser les sorts qui gardaient cette maison. Ma chère, tu aurais dû savoir que tu n'as pas le niveau pour accomplir ce genre de choses, a-t-il ajouté en me gratifiant d'un sourire cynique.

Je m'étais fait avoir sur toute la ligne. Il m'avait manipulée depuis le début, et je ne m'étais doutée de rien.

— Dis-moi, a-t-il jeté sur un ton plus tranchant, où est passé le Traqueur ?

— Je n'en sais rien.

Ses yeux se sont teintés d'une nuance rusée. Je me suis alors demandé comment j'avais pu lui trouver un air distingué et fiable. Je ne voyais plus en lui qu'un prédateur attendant de dévorer sa proie.

Ciaran a joint les mains, avant de murmurer, comme pour lui même :

— Je n'aurais peut-être pas dû bloquer tes messages. J'aurais peut-être même dû le guider jusqu'ici... Non, il est assez intelligent pour te retrouver tout seul.

Je me suis effondrée dans mon fauteuil. Si Hans venait là, il subirait le même sort que moi.

Quelqu'un a frappé à la porte, puis le sorcier-faucon est entré. Je l'ai regardé, stupéfaite, tendre un objet à Ciaran : la montre de Maeve.

— Nous l'avons trouvée dans la poche de sa veste, a expliqué le nouveau venu.

Ciaran est devenu blanc comme un linge. Puis la fureur a déformé son visage.

— Laisse-nous ! a-t-il hurlé au faucon. Dis-moi où tu l'as trouvée ! m'a-t-il ordonné.

— Vous devriez le savoir ! C'est vous qui l'avez donnée à ma mère avant de la tuer !

Ciaran m'a dévisagée, les yeux écarquillés par la surprise.

— Ta mère ?

J'ai alors compris que Selene ne lui avait jamais dit qui j'étais. La fille de Maeve.

Il s'est rué hors de la pièce, et j'ai savouré ce que je pressentais comme le dernier instant de triomphe. J'avais réussi à déstabiliser le chef d'Amyranth. Et j'allais le payer de ma vie.

L'épuisement s'est abattu sur moi comme un lourd manteau. Tête inclinée, j'ai fermé les yeux, m'abandonnant à l'effet de la drogue.

★

Selene ! Quelle garce manipulatrice ! Elle savait que cette gamine était la fille de Maeve, et elle ne me l'a jamais dit ! Quels autres secrets me dissimulait-elle ?

La fille de Maeve ! Elle ne lui ressemble en rien. Elle n'a pas ses traits délicats, son beau visage constellé de taches de rousseur, ses boucles auburn. Elle n'a hérité que de son pouvoir. Néanmoins, ses yeux me sont familiers.

Comment Maeve et Angus ont-ils pu me cacher son existence ? Et comment la petite a-t-elle appris ce qui s'était passé ? Tous les témoins sont morts.

Ce ne peut être Selene. Elle ignorait tout de mon histoire avec Maeve... Enfin, je le croyais...

Mes pensées tourbillonnent comme les eaux tumultueuses d'un océan. Je sens quelque chose aux confins de mon esprit, comme une vérité qui ne demande qu'à éclater au grand jour.

Bon sang! Qu'est-ce que c'est?

★

Hans, passant le braigh aux poignets de David... Mary K., recroquevillée dans un coin du bureau de Selene, confuse, ensorcelée, effrayée... Nicolas, absorbant le nuage noir que Selene me destinait... Ses yeux dorés magnifiques...

«Non!» Je suis sortie en sursaut de mon demi-sommeil, bouleversée par les images qui ne cessaient de défiler devant mes yeux. Je ne savais même plus où je me trouvais. Puis je me suis rappelé. La maison couverte de glycine. Les sorciers masqués. Ciaran.

Je me trouvais à présent dans une pièce bien plus grande, à peine éclairée par la flamme vacillante de quelques bougies noires. Le plafond orné de feuilles de vigne en plâtre moulé me semblait horriblement familier. Des tentures noires dissimulaient les fenêtres hautes et étroites. Un bougeoir en argent ouvragé accueillait des cierges noirs sur un secrétaire en bois d'ébène. En activant mes sens affaiblis, j'ai localisé de puissants objets à l'intérieur du meuble: athamés, baguettes, cristaux, crânes et os d'animaux, tous débordant de magye noire.

J'étais allongée sur une table en pierre ronde recouverte de symboles en grenat; mes pieds et mes poignets y étaient attachés par des cordes ensorcelées. De profonds sillons avaient été creusés dans la pierre. À leur vue, la panique s'est emparée de moi et j'ai tiré de toutes mes forces sur mes liens pendant plusieurs minutes.

« Cela ne sert à rien. Concentre-toi. Trouve un moyen de t'échapper. » Mais la décoction d'Amyranth me brouillait les idées. J'ai sans doute perdu connaissance une seconde fois, car je me suis soudain avisée de la présence de tous les membres d'Amyranth : ils formaient un cercle de masques horribles autour de moi.

L'ours a entonné une incantation, et j'ai compris que le rituel pour absorber mes pouvoirs venait de commencer. Les autres ont repris l'incantation, qui est devenue un chant entêtant. Ils se sont mis à tourner dans le sens inverse des aiguilles d'une montre. L'atmosphère était chargée de cruauté et de menace. Pour la première fois, j'assistais à un cercle qui employait la Wicca pour détruire.

Et Ciaran le présidait. Je ne pouvais voir son visage sous son masque de loup, mais j'entendais sa voix, familière et terrifiante. Comme dans ma vision.

La magye noire d'Amyranth tourbillonnait autour du cercle. Leurs énergies combinées sont montées en puissance et j'ai senti une pression insupportable sur chaque particule de mon corps. Les ténèbres qu'appelait Amyranth étaient affamées.

Le cercle a stoppé sa course. Une brume épaisse et noire entourait maintenant les silhouettes masquées.

— Nous remercions la Déesse de nous avoir livré

une victime sacrificielle qui nous rendra bien plus forts.

Le hurlement d'une sirène nous est parvenu de la rue, suivi des reflets de lumière rouges sur les tentures noires. De nouveau, ma vision. Chaque détail devenait réalité. J'avais aperçu le futur. Maintenant, je le vivais. Amyranth allait absorber mes pouvoirs, et me laisser comme une coquille vide, sans magye, sans âme, sans vie.

Ciaran a psalmodié une autre incantation. Un par un, les sorciers-animaux ont joint leur voix à la sienne. L'énergie ténébreuse s'est mise en mouvement, de plus en plus puissante à mesure qu'elle parcourait le cercle des sorciers. Et moi je gisais sans défense sur la table en pierre, chacun de mes muscles contracté par l'angoisse de ce qui m'attendait.

J'ai pensé à Maeve, ma mère assassinée. Puis à Mackenna, ma grand-mère, tuée lorsque la vague noire avait détruit Ballynigel. Ma famille avait toujours souffert à cause de leur magye. Il en allait de même pour moi. Le sang fort des Riordan coulait dans mes veines, leur pouvoir ancestral m'habitait. Peut-être avais-je également hérité de leur courage…

Donne-nous ta magye. Je sentais les ténèbres se refermer sur moi dans une lumière pourpre, cherchant à pénétrer au plus profond de mon être.

Donne-la-nous.

Je n'ai pas eu mal, mais une pression insoutenable a écrasé mon esprit, ma poitrine et mon ventre. J'en ai eu le souffle coupé. Je ne pouvais pas les laisser faire. De désespoir, j'ai murmuré en silence mon chant de pouvoir :

An di allaigh an di aigh
An di allaigh an di ullah
An di ullah be...

Les mots que je connaissais grâce à ma mémoire ancestrale m'échappaient. Je ne me souvenais plus de la suite, comme si mon chant avait été effacé de mon esprit.

« Non ! » aurais-je voulu crier, mais ma voix était inaudible. « Ne me prenez pas ma magye ! » La douleur me consumait : la douleur de perdre mes pouvoirs. De perdre la vie. De perdre Hans, que je ne reverrais plus jamais.

Ciaran a brandi un athamé en argent orné d'un rubis. Il l'a pointé vers moi et l'énergie négative s'est amalgamée autour de la dague pour former une lance lumineuse.

— Ta magye nous appartient, a-t-il déclaré.

« Non, non, non ! » C'était le seul mot sur lequel mon esprit était concentré. « Non ! »

Un bruit sourd a soudain interrompu leur incantation. Quelqu'un tentait de défaire les sorts d'Amyranth qui gardaient la porte.

Hans ! Je sentais sa présence, son amour, sa peur qu'il ne me soit arrivé quelque chose. J'en étais terrifiée. Étais-je en état de lui envoyer un message ? « Hans, va-t'en, l'ai-je imploré. Tu ne peux rien pour moi. Sauve-toi ! »

Avec un clic, la porte s'est ouverte et Hans est entré, les yeux comme fous. Il m'a jeté un coup d'œil comme s'il voulait s'assurer que j'étais en vie, puis il s'est tourné vers Ciaran.

— Laissez-la partir, a-t-il ordonné d'une voix tremblante.

Le chacal et l'ours ont levé la main comme pour lui lancer des boules de feu bleu.

— Non, les a interrompus Ciaran. Celui-là est à moi. Le Conseil doit manquer de personnel s'il envoie un gamin faire le boulot d'un Traqueur. On a vraiment réussi à te convaincre que tu pourrais m'arrêter ?

D'un geste du bras, Hans lui a envoyé une boule de feu. Aussitôt, Ciaran a tracé un sceau dans l'air et la boule s'est retournée contre Hans.

Hans l'a évitée de justesse. Il était pâle et ses yeux brillaient. Lorsqu'il s'est redressé, il semblait plus grand, plus robuste. Une nouvelle aura de pouvoir l'entourait.

Le Conseil. Ada m'avait expliqué un jour que lorsque Hans intervenait en tant que Traqueur, il pouvait puiser dans les pouvoirs extraordinaires du Conseil. C'était une arme dangereuse, qui drainait les forces du Traqueur, et que l'on n'utilisait qu'en cas d'urgence. Comme maintenant.

Hans a avancé d'un pas. La chaînette argentée du braigh scintillait dans ses mains. Il comptait le passer à Ciaran. Mais je ne sentais aucune peur chez le sorcier-loup.

— Hans, ne fais pas ça ! ai-je réussi à crier. Il va te tuer !

— Tu commences à m'ennuyer, a déclaré Ciaran avant de marmonner quelques syllabes.

Le braigh est alors tombé des mains de Hans, qui a retenu un cri.

J'ai tenté une dernière fois de puiser à la source de ma magye.

— Maeve et Mackenna de Belwicket, ai-je murmuré. J'en appelle à votre pouvoir. Aidez-moi !

Rien. Ma magye ne répondait plus. Plus du tout. Je n'arrivais pas à y croire. Mes pouvoirs m'avaient abandonnée.

— Emparez-vous de lui, a ordonné Ciaran.

Les autres ont entouré Hans avant de lui lancer des sorts d'entrave.

— Je suis désolé, Morgane, a-t-il lancé, la voix déchirée par le chagrin. Je n'ai pas assuré.

Mais c'est moi qui n'avais pas assuré, qui nous avais jetés tous les deux dans ce piège, à cause de mon arrogance. J'avais précipité ma mort, et celle de Hans.

— Enfermez-le. On s'en occupera plus tard, a déclaré Ciaran.

Le chacal et la belette l'ont emmené, avant de revenir un instant plus tard. L'ours a repris l'incantation. Le rituel recommençait. Plus rien ne m'importait.

Ciaran s'est avancé vers moi pour placer ses mains de chaque côté de mon front.

— Non ! ai-je hurlé.

Je savais ce qui allait arriver. Il voulait m'imposer le rite du tàth meànma. Il allait connaître tous mes souvenirs, toute ma vie. Je ne pourrais rien lui cacher.

J'ai concentré mon énergie pour sombrer dans le brouillard qui occupait mon esprit, afin de ne plus former de pensées. Lorsque j'ai senti le pouvoir de Ciaran se déverser dans mon cerveau, j'ai tenté de le repousser. En vain. L'instant d'après, je revivais ma vie par flashs depuis ma naissance.

D'abord, l'air, la lumière et le bruit m'ont agressée lorsque je suis sortie du ventre de ma mère.

Puis j'ai vu Angus, avec ses cheveux blonds et ses yeux bleus, qui me caressait tendrement le bras.

Le jour suivant, Maeve me berçait et me dévisageait en pleurant. « Tu as les yeux de ton père », m'a-t-elle chuchoté.

— Impossible ! a soudain rugi Ciaran.

Il a interrompu le rite, puis j'ai entendu un bruit de pas, suivi d'une porte qu'on claquait.

L'air dans la pièce avait changé. Ciaran était parti. Et Hans n'était plus là.

13.

La vérité

29 février 1984

L'aube se lève... et avec elle l'amour se meurt.

Maeve s'est réveillée dans mes bras, de la rosée scintillait sur sa peau. J'ai retiré un brin de paille de sa chevelure et je lui ai dit à quel point elle était belle.

— Non, Ciaran! a-t-elle crié en se levant d'un bond. J'ai construit ma vie avec Angus, et toi, tu as une femme et des enfants...

— Oublie-les, je les ai quittés. Et qu'Angus aille au diable! Je suis las que des obstacles se dressent entre nous. Nous sommes des mùirn beatha dàns. Nous sommes faits l'un pour l'autre.

Mais elle a refusé de m'écouter, répétant qu'Angus avait été bon pour elle, que ce que nous avions fait était immoral, la pire des trahisons.

Je lui ai rappelé que j'avais tout quitté pour elle, pour refaire ma vie avec elle en Amérique. Que voulait-elle de plus?

— Je ne peux vivre avec toi et avec ma conscience, a-t-elle déclaré avant de fuir le champ comme un lapin apeuré, elle qui devait devenir la grande prêtresse de Belwicket.

— Et moi je ne peux te regarder vivre avec Angus, ai-je crié.

Alors maintenant, Maeve, puisque tu as choisi une voie que je ne peux tolérer, ta vie a-t-elle encore une quelconque valeur ?

— Neimhich

— Le rituel doit continuer, a déclaré le hibou après le départ de Ciaran.

Ils ont repris l'incantation, et j'ai senti l'énergie négative monter en puissance : la lumière pourpre allait absorber ma magye sans que je puisse m'y opposer. Je n'étais pas de taille.

J'ai repensé à Hans, à tout l'amour que j'éprouvais pour lui. Au fait qu'il allait mourir pour moi. Qu'il était mon mùirn beatha dàn et que je l'avais su dès le début, sans oser me l'avouer. Dire que j'avais critiqué Bridget pour son aveuglement...

Une vague de regrets m'a emportée loin de la scène. Des regrets pour mes torts et mes erreurs. Je n'avais jamais dit à mes parents que je les aimais, et je les avais blessés en les rejetant lorsque j'avais appris qu'ils m'avaient adoptée. À cause de moi, Mary K. avait été kidnappée. Et Nicolas était mort. Il avait donné sa vie pour moi, et j'allais perdre la mienne bêtement.

À cause de moi, Hans allait mourir lui aussi.

Toutes ces pensées tourbillonnaient dans mon esprit. Je n'avais vécu que dix-sept ans. Comment avais-je pu tout gâcher ainsi ? La lumière pourpre s'est soudain dirigée vers moi. « Prenez ma magye, ai-je pensé. Prenez ma vie. Je ne mérite pas mieux. »

★

Eh bien, Maeve Riordan, je te tire mon chapeau. Tu m'as joué un sacré tour depuis ta tombe. Tu étais si jeune et si belle le jour de ta mort. J'imagine que tu ne me trouverais plus attirant aujourd'hui. Mon reflet me contemple ; il est déformé, horrible... Comment ai-je réussi à convaincre une telle beauté de m'aimer, ne serait-ce que pour une nuit ? Regarde mes yeux, deux fentes boueuses et sombres que je n'ai jamais vues ailleurs... à part chez cette gamine.

À ton avis, Maeve, toi qui me connais mieux que quiconque, serai-je capable d'éliminer notre fille ?

★

Les sorciers masqués d'Amyranth m'encerclaient, murmurant leur incantation.

Je ne contrôlais même plus mes muscles. J'ai tenté de déployer mes sens, en vain.

Le couguar a levé la main, et j'ai vu à ma grande horreur des griffes lui pousser au bout des doigts. Il a récité une formule et la lumière pourpre a crépité avant de plonger dans ma poitrine. Je la sentais qui s'enroulait autour de mon cœur, l'écrasant sans merci.

Ma magye s'échappait de moi. Je la sentais me quitter. Pourtant, je ne voulais pas qu'elle rejoigne Amyranth, et Ciaran. Je ne voulais pas la perdre. Mais j'étais trop épuisée pour m'opposer. Je ne pouvais plus résister. Je me suis sentie partir.

— Morgane, reprends-toi !

C'était la voix de Hans. « Sûrement une hallucination », ai-je pensé en me laissant dériver au loin.

— Non ! Tu ne peux pas abandonner ! Pas de cette façon !

Je me suis forcée à ouvrir les yeux. Hans se tenait sur le seuil, nimbé d'une aura de pouvoir que je ne lui connaissais pas : une lumière pourpre s'ajoutait à sa propre couleur saphir.

Était-il vraiment là ? Comment avait-il pu échapper à Ciaran ? Et où était ce dernier ? Je ne pouvais croire que Hans avait réussi seul à vaincre une telle puissance maléfique. Je devais rêver…

— Le Traqueur ! a sifflé la vipère en fonçant vers lui.

Non, je ne rêvais pas… Mon cœur a fait un bond dans ma poitrine.

La belette a lancé une boule de feu bleu vers Hans, qui n'a pu l'éviter. Il a hurlé de douleur.

Je luttais pour sortir du brouillard qui m'enveloppait. Hans. Je devais l'aider. J'ai entonné en silence mon chant de pouvoir. *An di allaigh…*

Ma magye a tressailli au fond de moi, faible comme le battement d'ailes d'un colibri. Mais bel et bien là.

J'ai répété mon chant encore et encore jusqu'à sentir l'énergie s'accumuler en moi. Puis je l'ai envoyée à Hans. *Rends-le plus fort. Soigne ses blessures.*

Hans a bloqué une attaque du chacal avant de se tourner vers moi pour me remercier d'un regard. « Je t'aime, Hans, ai-je pensé. Tu dois survivre. »

Ensuite, il s'est mis à psalmodier un sort dans une

langue que je n'ai pas reconnue. Les gravures grenat de la table en pierre ont soudain pris vie : éberluée, j'ai regardé leurs formes s'élever dans l'air, luisant d'un éclat rouge sang. Il s'agissait en fait de sceaux, et Hans appelait leurs pouvoirs.

— C'est impossible, a murmuré l'un des sorciers masqués. Un Traqueur ne peut pas savoir comment ces sceaux s'utilisent !

« Le Conseil peut-il le rendre aussi fort ? » me suis-je demandé. Il semblait pratiquement invincible.

L'ours a chargé Hans, mais il n'a jamais atteint sa cible. Il a hurlé en heurtant l'un des sceaux rougeoyants, avant de s'effondrer sur le sol.

L'instant d'après, Hans se penchait vers moi, son athamé découpant les cordes magyques. Il m'a soulevée de la table en murmurant :

— Bénie soit la Déesse, tu es vivante.

— Non, Hans, sauve-toi...

— Chhh, a-t-il soufflé. Ne parle pas.

Le brouillard a envahi ma vision, m'entraînant loin de tout. Je ne l'ai pas combattu.

Quand j'ai retrouvé mes esprits, Hans et moi étions seuls dans la pièce. Il m'a aidée à me relever.

— Tu penses que tu pourras marcher, Morgane ?

J'ai hoché la tête, même si j'étais encore très faible. Nous avons quitté la maison aussi vite que possible, et avons couru jusqu'au Muséum d'histoire naturelle où nous nous sommes assis sur les marches. Il faisait nuit noire et le froid transformait notre souffle en nuages de vapeur.

— Comment tu te sens ? s'est enquis Hans.

— Je crois que ça va. Ma magye… ils ne l'ont pas prise…

— Non, a-t-il soufflé doucement. Tu as résisté à un cercle entier de Woodbane. Bénie soit la Déesse. J'étais mort de peur pour toi.

Et là, j'ai commencé à pleurer, de gros sanglots incontrôlables qui semblaient ne jamais devoir s'arrêter.

Hans m'a prise dans ses bras et m'a serrée très fort. Je suis restée ainsi longtemps, à pleurer toutes les larmes de mon corps à l'abri dans ses bras. Même une fois calmée, je n'ai pas bougé, écoutant les battements réguliers de son cœur qui me paraissaient soudain si précieux.

— Je ferais mieux d'envoyer un message à Ada, a-t-il soudain chuchoté. Pour la rassurer.

Il s'est concentré une seconde puis a posé sa veste sur mes épaules.

— Comment tu m'as retrouvée ? Je t'ai appelé, mais Ciaran bloquait mes messages.

— J'ai réussi à localiser l'ancienne maîtresse de Ciaran. C'est elle qui m'a donné l'adresse.

— Et qu'est-il arrivé aux sorciers d'Amyranth ?

— Ils sont toujours à l'intérieur. Ils pansent leurs blessures, j'imagine. Je voulais tellement te sortir de là que j'ai fait au plus vite.

— Et maintenant ?

— J'ai contacté le Haut Conseil. Malheureusement, ça m'étonnerait que la cavalerie arrive à temps. Ils seront partis d'ici là. Et ils se reformeront, a-t-il ajouté d'un air sombre.

Un gamin s'est avancé jusqu'à nous, les bras chargés de roses emballées individuellement.

— Hé, monsieur, vous voulez pas offrir une rose à la dame ?

— Oh, par la Déesse, elle mérite plutôt un énorme bouquet... Oui, je vais en prendre une, a-t-il répondu en sortant un billet de sa poche. Garde la monnaie.

— Voilà qui est très généreux, l'ai-je taquiné tandis que le gamin s'éloignait, l'air ravi.

— Que veux-tu ? Je suis d'humeur généreuse. Je suis si content qu'on s'en soit sortis... Morgane, a-t-il continué en me tendant la rose, je suis terriblement désolé. Plus que désolé, même...

— De quoi tu parles ? Tu n'as rien à te reprocher, c'est moi qui ai foncé dans le tas en me prenant pour Zorro.

— C'est vrai... et rappelle-moi de te passer un savon pour ça. Mais... en fait, tout est ma faute. J'aurais dû savoir que c'était toi qu'ils visaient.

— Tu n'as aucune raison de t'en vouloir, l'ai-je rassuré en lui caressant la joue. C'est le Conseil qui s'est trompé en pensant qu'un enfant de Ciaran était visé... D'ailleurs, on ne peut pas leur en tenir rigueur, puisque j'apparaissais sous la forme d'un louveteau dans mon rêve. À l'évidence, cela ne correspondait pas à ce que nous pensions.

Hans m'a lancé un regard plein de pitié.

— Oh, Morgane... je pensais que tu avais compris.

— Compris quoi ? ai-je demandé, tandis qu'une

peur panique m'enserrait le cœur et me nouait l'estomac.

— Notre interprétation de ton rêve était la bonne, le Conseil ne s'est pas trompé : la victime était bien un enfant de Ciaran.

— Mais Killian n'a jamais été inquiété et…

— Oublie Killian. Il y a une chose que nous ignorions tous, a-t-il déclaré d'une voix douce. Y compris Ciaran. Il l'a apprise pendant le tàth meànma. Il a vu Maeve te tenant dans ses bras… et il a entendu ce qu'elle a dit de tes yeux. Morgane, Angus avait les yeux bleus. Les tiens sont marron… comme ceux de ton père.

— Non, ai-je rétorqué, comprenant où il voulait en venir. Je ne peux pas y croire. C'est impossible. Je refuse de…

Hans a pris mon visage entre ses mains avant de murmurer :

— Morgane, tu es la fille de Ciaran.

14.

Souillée

25 mai 1985

J'ai tout fait pour l'oublier, je le jure. J'ai rejoint l'Écosse et ma famille, mais rien de bon n'est arrivé. Le petit Killian a un avenir prometteur, il a plus de pouvoir que Kyle et Iona réunis. Malgré cela, je ne supporte pas de vivre avec eux. Maeve a laissé un vide dans ma vie que rien ne peut combler. J'ai besoin d'elle comme j'ai besoin que mon sang coule dans mes veines, comme d'une drogue. Je l'aime autant que je la hais.

Elle qui a choisi de rester auprès d'Angus. J'ai tout fait pour la persuader de quitter ce minable. En vain.

Parfois je me demande ce qui se passerait si elle me donnait une seconde chance, si elle découvrait à quel point j'ai changé depuis qu'elle m'a rejeté. Ce cœur que je lui ai offert et dont elle n'a pas voulu, je l'ai voué aux ténèbres. Ma magye est plus puissante que je ne l'aurais cru. J'ai servi le côté obscur tout comme il m'a servi. Il n'y a rien sur cette terre qui m'effraie et rien qui puisse se dresser devant moi. La gentille sorcière de Belwicket serait-elle prête à l'accepter ? Je dois croire que notre amour la guiderait vers sa véritable nature Woodbane et qu'elle s'en réjouirait.

Mon amour pour elle ne fait que croître. Je ne sais plus quoi faire. J'en suis réduit à agir comme un enfant : j'ai laissé des sceaux de menace anonymes autour de leur maison ; j'ai même pendu un chat mort sur leur perron. Cette attitude puérile me rend malade, mais je n'y peux rien, je suis comme possédé.

Que dois-je faire ? Que puis-je faire ?

— Neimhich

Je ne sais combien de temps je suis restée assise sur les marches, essayant de faire face à ce que Hans venait de me révéler. Je n'y arrivais pas. C'était bien trop monstrueux, bien trop horrible. Je ne pouvais l'accepter.

Ciaran, mon vrai père ?

Non. Non, non, non. Impossible.

— Écoute, Morgane, je dois te parler de lui.

— Non, s'il te plaît, ai-je murmuré.

— Il le faut. C'est Ciaran qui m'a libéré. Il m'a dit que tu étais sa fille et que je devais te sauver.

— Pourquoi ? Pour qu'il absorbe encore mes pouvoirs ?

— Tu ne m'écoutes pas, a-t-il soupiré. C'est lui qui m'a donné la formule pour utiliser les sceaux de la table. Et il a joint sa magye à la mienne. Tu ne crois quand même pas que j'aurais été capable de leur tenir tête tout seul ? Sans son aide, ni toi ni moi n'en serions sortis vivants. Morgane, malgré tout ce qu'il incarne, malgré tout ce qu'il a fait, il n'a pas pu te tuer. Pas sa propre fille.

— Peu importe. Il sert les ténèbres. C'est un assassin. Et je suis sa fille…

« Xavier avait raison, ai-je pensé. Je suis fondamentalement souillée. C'est mon héritage. »

— Morgane…

J'ai posé un doigt sur ses lèvres.

— Arrête. Je t'en prie. Si j'ai appris une chose de toute cette histoire, c'est qu'on ne peut changer le destin.

— Il faut qu'on en parle, a-t-il insisté en se frottant les tempes. Mais ce n'est pas le moment.

— On doit quitter la ville au plus vite, ai-je répondu en frissonnant. Avant qu'Amyranth ne se reforme. On passe prendre les autres et je vous ramène cette nuit à Widow's Vale.

Hans a émis un rire sans joie.

— Je ne suis même pas sûre que tu arriverais à monter dans un taxi, alors conduire pendant deux heures… Non, on passe la nuit ici et on repart demain matin à la première heure. Pour l'instant, on ne craint rien.

Il a hélé un taxi et m'a aidée à monter à l'arrière.

Ce n'est que dans l'ascenseur que je me suis rendu compte que je portais encore l'horrible robe marron.

— Qu'est-ce qu'ils vont penser en me voyant ? me suis-je inquiétée.

— Il est tard. Ils seront peut-être déjà endormis.

Effectivement, l'appartement était silencieux.

Ada et Rose dormaient dans le canapé, blotties l'une contre l'autre.

J'ai trouvé un mot de Bridget sur le frigo :

À Morgane et Hans :

Contente de savoir que vous allez bien ! Comme mon père est toujours dans le Connecticut, Xavier et moi avons pris sa chambre. Vous pouvez dormir dans la chambre d'amis.

– B.

Il y avait un PS rédigé en toutes petites lettres :

Morgane, tu avais raison pour moi. C'est dingue, non ?

Hans se tenait devant la porte de la chambre d'amis. Il a pris ma main avant de me demander :

— On entre ?

J'ai essayé de sourire. En vain.

— Hans, ai-je murmuré, la voix brisée, je ne sais pas comment te le dire mais… J'ai reçu un sacré choc… J'ai besoin de rester seule cette nuit.

J'ai vu la peine dans ses yeux, et je me suis sentie un peu coupable. Enfin, nous avions l'occasion de passer toute la nuit ensemble. Mais ce n'était pas le bon moment pour moi.

— Si tu as besoin de solitude…

— Oui, ai-je confirmé avant de lui caresser la joue. Merci. Pour tout.

— Y a pas de quoi.

En entrant dans la chambre d'amis, j'ai aperçu mon reflet dans le miroir. Pendant quelques secondes, je me suis obligée à étudier mon visage : mes joues striées de larmes, mon nez un peu gonflé, mes yeux rougis. Exactement de la même forme et de la même couleur que ceux de Ciaran.

L'ironie de la situation ne m'échappait pas : je savais enfin à qui je ressemblais. Je me suis couchée, mais ces mots résonnaient sans fin dans ma tête : « Ciaran est mon père ».

Je ne pouvais plus en douter. Je m'étais tout de suite sentie proche de lui. Et quand je me regardais dans le miroir, ses yeux m'observaient.

Mon père était un assassin. Le chef du clan Woodbane dont le but était de détruire les autres cercles. Il avait tué Maeve et Angus. Il était l'incarnation du mal.

Soudain, j'ai réalisé que Killian était mon demi-frère.

Je commençais à mieux comprendre certaines choses : pourquoi je m'étais sentie si proche de Ciaran… et de Killian. Pourquoi j'étais aussi puissante. J'étais non seulement l'héritière de Belwicket, mais aussi celle de Ciaran. Et ma tendance à abuser de mes pouvoirs me venait certainement de lui.

À travers la cloison, j'ai entendu Hans soupirer en se couchant sur le sofa du bureau.

Les larmes me sont montées aux yeux. Je n'avais jamais aimé quelqu'un autant que je l'aimais. Mais je ne pouvais pas rester avec lui. Maintenant que je savais qui j'étais vraiment.

L'héritière des ténèbres.

15.

Rupture

Juin 1985

Me voilà de retour à Meshomah Falls pour mettre un terme à tout cela. Jamais plus je ne souffrirai pour une femme qui me rejette. Je veux retrouver ma tranquillité d'esprit. Et je suis prêt à tout.

Si elle ne veut pas quitter son Angus, qu'elle reste avec lui pour l'éternité. Qu'ils meurent ensemble. J'ai trouvé l'endroit parfait: une grange isolée près de leur village. L'arme sera l'élément favori de Maeve: le feu. À l'image de celui qui me dévore le cœur depuis le jour où j'ai posé les yeux sur elle pour la première fois.

Née poussière, tu redeviendras poussière. Très bientôt. J'ai fermé mon cœur à l'amour. Dès lors, je me donne corps et âme aux ténèbres.

— Neimhich

Nous sommes revenus à Widow's Vale vers midi le lendemain. Après avoir déposé les autres chez eux, j'ai pris le chemin de la maison. Mais je n'étais pas prête à affronter ma famille, si bien que j'ai bifurqué pour suivre la route parallèle au fleuve Hudson.

Je me suis garée sur le parking du petit port de la ville, où quelques bateaux étaient amarrés l'été. En hiver, il était désert et ne présentait qu'un croissant de plage rocailleuse et une jetée en bois qui s'avançait sur le fleuve.

Il faisait horriblement froid, mais je m'en fichais. J'avais besoin d'être seule. Le fleuve, étendue grise sous le ciel blanc de l'hiver, était calme. Il s'en dégageait une impression de paix profonde. J'ai marché jusqu'au bout de la jetée, où je me suis assise pour balancer mes jambes dans le vide.

« Ce fleuve va jusqu'à New York », ai-je pensé. Il connecte les deux villes, gonflant et refluant au rythme des marées de l'océan Atlantique. Je me sentais plutôt en sécurité ici, mais les eaux argentées me rappelaient que New York et Widow's Vale étaient liées, comme deux parties d'un tout. Ce que j'avais laissé là-bas ferait toujours partie de moi.

Comme Ciaran. Mon père biologique. Je luttais encore avec les implications de cette révélation. Comment pourrais-je à l'avenir me servir de ma magye alors qu'elle me venait pour moitié de Ciaran ? Cette simple idée me rendait malade.

Quant à l'amour… J'avais eu du mal à survivre au trajet retour. Cela avait été une vraie torture d'être assise près de Hans en sachant ce que je devais faire.

Il fallait que je le quitte. Je n'avais pas eu le courage ni la force de lui parler ce matin-là. Mais je devais me décider.

À cause de Ciaran. Mon vrai père n'était pas le doux, le gentil Angus. C'était un homme qui avait tué sa propre mùirn beatha dàn. Un homme qui avait absorbé les pouvoirs et la vie d'innombrables innocents. Et s'il était capable de commettre ces crimes, de quoi, moi, sa fille, sa chair et son sang, étais-je capable ?

J'avais déjà commis tant d'erreurs qui m'avaient coûté énormément à moi et à mes proches. Je manquais de discernement. J'avais fait confiance à Nicolas, Selene, David et Ciaran. J'avais fait du mal à Bridget, j'avais failli tuer Hans – deux fois maintenant – et Nicolas était mort sous mes yeux pour me sauver. Xavier avait failli me rayer de sa vie, mes parents avaient beaucoup souffert à cause de moi, et j'avais mis Mary K. en danger. Après deux mois et demi de Wicca, j'étais un champ de mines ambulant.

Tout cela à cause de ma vraie nature. Tel père, telle fille. J'étais un danger public. Je souillais tout ce que je touchais.

J'étais au désespoir quand soudain mes sens m'ont avertie d'une présence. Hans arrivait. J'ai entendu le moteur de sa vieille Honda tandis qu'il se garait dans le parking. Finalement, je n'allais pas pouvoir repousser l'échéance.

Il est sorti de sa voiture et s'est dirigé vers moi. Il portait un long manteau bleu marine qui le vieillissait. Ses cheveux encadraient son visage d'une auréole dorée. J'avais oublié à quel point parfois il semblait être fait de lumière.

Alors que, moi, j'étais l'héritière des ténèbres.

— Je te dérange ? s'est-il enquis en arrivant à mon niveau.

— Un peu, ai-je répondu franchement. Je suis venue là parce que j'avais besoin d'être seule.

— Tu veux que je m'en aille ?

J'ai fait non de la tête. Je ne voulais pas qu'il s'en aille. Je voulais me jeter dans ses bras et le serrer fort. Pour toujours.

Nous nous sommes regardés en silence pendant que je cherchais mes mots. Mais il m'a devancée.

— Morgane, je voulais t'annoncer que j'ai eu des nouvelles de Killian. En fait, il pensait que le hibou l'espionnait, tout comme nous. Il est parti, craignant qu'Amyranth n'en ait vraiment après lui. Il reste sur ses gardes, mais il va bien.

— Ah. Tant mieux.

Hans m'a dévisagée de ses yeux verts.

— Si Killian est sorti d'affaire, toi, par contre, tu ne vas pas bien du tout.

— Tu as remarqué ? ai-je rétorqué, essayant de paraître beaucoup plus décontractée que je ne l'étais.

— Bien sûr que j'ai remarqué ! Tu me prends pour qui ? Morgane, dis-moi ce que je peux faire. Comment puis-je t'aider ?

— Je... ai-je commencé, mais ma voix s'est brisée.

Je n'arrivais pas à le dire. C'était trop douloureux.

— Personne ne peut m'aider, ai-je finalement répondu.

Je repensais à ce que je ressentais lorsque j'étais dans ses bras, lorsqu'on riait ensemble, qu'on joignait nos puissances. Comment pouvais-je renoncer à tout cela ? Jamais je ne me sentirais aussi bien avec quelqu'un d'autre. Jamais je n'aimerais autant quelqu'un d'autre. Il était mon âme sœur.

— Bon, a-t-il soupiré en mettant ses mains dans ses poches. Tu n'es peut-être pas prête à en parler. On peut se voir demain soir ?

— Non ! ai-je protesté avec plus de vigueur que je ne l'aurais souhaité.

— Pourquoi ?

De nouveau, je me suis rappelé à quel point j'avais fait du mal à tous ceux dont j'avais été proche. J'étais la fille de Ciaran, je n'y pouvais rien.

— Parce qu'il faut que je m'y habitue.

— À quoi ?

— À la vie sans toi, ai-je lâché d'une voix qui me semblait creuse et étrangère.

— Hein ? De quoi tu parles ?

Je ne pouvais plus le regarder dans les yeux.

— Je dois rester seule. Le mal coule dans mes veines, Hans. Je n'y peux rien.

— C'est ridicule ! L'héritage et le destin sont deux choses différentes.

— Pas pour moi. Je ne peux plus être avec toi. Il faut qu'on se sépare.

Voilà. Je l'avais dit. J'ai fermé les yeux fort pour chasser la douleur. En comparaison, ce qu'Amyranth m'avait infligé n'était rien. J'ai eu l'impression d'avoir arraché mon propre cœur.

— Il faut qu'on fasse quoi ? a-t-il répété avec application, comme s'il voulait se convaincre qu'il avait mal entendu.

— Je te quitte, ai-je ajouté d'un ton plus ferme.

J'ai rouvert les yeux, mais je ne pouvais toujours pas le regarder en face. Je fixais les lattes en bois de la jetée, me demandant ce que je ressentirais si je passais au travers et m'enfonçais dans l'eau glaciale du fleuve. « Ne pleure pas, Morgane. Tu ne dois pas pleurer », me suis-je dit. J'ai pris une grande inspiration avant de lui annoncer la seule chose susceptible de l'inciter à partir :

— Je ne t'aime plus.

— Vraiment ? a-t-il rétorqué d'un ton froid. Et depuis quand ?

— Les choses... ont changé. Je suis désolée. Je ne t'aime plus.

Hans s'est contenté de m'observer. Nous savions tous deux que je mentais.

— Écoute, a-t-il repris d'une voix tremblante. Je voulais te dire autre chose : je n'ai jamais cru à cette histoire de mùirn beatha dàn. Je pensais que c'était des bêtises romantiques. Mais Morgane, tu es ma mùirn beatha dàn. Je m'en suis rendu compte lorsque j'ai cru te perdre, chez Ciaran. Je t'aime... absolument, complètement, pour toujours. Sache-le.

Oh, par la Déesse. J'avais si mal. Ces mots que j'attendais depuis si longtemps, ces mots qui auraient dû me combler de joie. Et tout ce que je pensais, c'était : « Non, ne me dis pas ça maintenant. Je t'en prie. Tu ne peux pas m'aimer. »

— Regarde-moi ! m'a-t-il ordonné en s'avançant tout près de moi. Regarde-moi et dis-moi que c'est fini.

En levant les yeux vers lui, j'ai vu de la douleur, de la peine et de la confusion dans son expression. Mais aussi de l'amour.

— C'est fini, ai-je articulé en ravalant mes larmes.

— Oh, Morgane, a-t-il sangloté avant de faire le

dernier pas qui le séparait de moi pour me prendre dans ses bras.

Il m'a serrée contre lui tandis que je pleurais toutes les larmes de mon corps.

— Je t'aime, a-t-il répété, et mes pleurs ont redoublé.

Je ne sais pas combien de temps nous sommes restés ainsi. Quand enfin je me suis écartée de lui, son manteau était trempé de mes larmes.

— Il faut que j'y aille, ai-je murmuré. Ne m'appelle pas.

Avant que l'un de nous deux n'ajoute quelque chose, j'ai couru jusqu'à Das Boot. Le vent s'est levé, hurlant le long du fleuve comme un écho de notre peine. Mais la voix de Hans a réussi à le couvrir :

— Rien n'est écrit. Nous sommes maîtres de nos choix, Morgane !

Table

Cet ouvrage a été composé par
PCA - 44400 REZE

Impression réalisée sur Presse Offset par

CPI
Brodard & Taupin

La Flèche (Sarthe), le 05-09-2007
N° d'impression : 41669

Dépôt légal : septembre 2007

Imprimé en France

POCKET jeunesse

12, avenue d'Italie
75627 PARIS Cedex 13